书影·心流

云水别 著

山西出版传媒集团
山西人民出版社

图书在版编目（CIP）数据

书影·心流 ／ 云水别著 . -- 太原 ： 山西人民出版社 ， 2023.1
　ISBN 978-7-203-12413-9

　Ⅰ. ①书… Ⅱ. ①云… Ⅲ. ①散文集－中国－当代 Ⅳ. ① I267

中国版本图书馆 CIP 数据核字（2022）第 218305 号

书影·心流

著　　者：云水别
责任编辑：孙宇欣
复　　审：魏美荣
终　　审：贺　权
装帧设计：刘昌凤

出 版 者：山西出版传媒集团·山西人民出版社
地　　址：太原市建设南路 21 号
邮　　编：030012
发行营销：0351 － 4922220　4955996　4956039　4922127（传真）
天猫官网：https://sxrmcbs.tmall.com　电话：0351 － 4922159
E—mail：sxskcb@163.com　发行部
　　　　　sxskcb@126.com　总编室
网　　址：www.sxskcb.com

经 销 者：山西出版传媒集团·山西人民出版社
承 印 厂：三河市元兴印务有限公司

开　　本：880mm×1230mm　　1/32
印　　张：7.25
字　　数：210 千字
版　　次：2023 年 1 月　第 1 版
印　　次：2023 年 1 月　第 1 次印刷
书　　号：ISBN 978-7-203-12413-9
定　　价：59.80 元

如有印装质量问题请与本社联系调换

书是一生的慰藉，心是永恒的港湾。

前往远方的那场千里之行，或于书海，或于人海。那些经典、那些心事，让我为您细细诉说。

云水别

目录

书影篇

心流篇

书影篇

观沧海

造化钟神岳，昌黎碣石临渤海。

毛色斑驳的军马群在山脚下吃草，舌头一卷一卷，很是柔软。它们心无旁骛，专注眼前，不远处涛声阵阵，也只引得它们稍稍转动耳朵。

山不甚高，不过两百丈。但他已过天命，在手下将士的簇拥保护下爬上山来，便有些气喘吁吁了。他的头发有些花白，被小心翼翼地拢在脑后，好事者称之为"城头雪"，他一笑了之。

碣石山无峰不石，无石不松，无松不奇。他环顾四周，只见怪石嶙峋、层峦叠嶂，或俯或仰、或卧或坐，形态各异，不一而足。更吸引眼球的是乱石堆中的一棵棵奇松，奇形怪状让人遐想，如仙人指路，如雄鹰振翅高飞，如高僧参禅礼佛，或高或矮，或胖或瘦，外形截然不同，却都意气风发，神采奕奕。

临绝顶而小天下，此刻他登高远望，但觉心潮激荡不已。此去远征乌桓颇为不顺，王师方行，便见黄沙漠漠，狂风四起，道路崎岖，人马难行；又秋夏间有水，浅不通车马，深不载舟楫，最难行动。至乌桓后，恰遇悲风正酸，阴雨连绵，河道堵塞，孤军深入，险些酿成大祸。好在吉人自有天相，行路有惊无险，又得良臣猛将誓死相随，蹊径另辟——攀徐无、出卢龙、入上谷、越鲜卑、逼柳城，轻骑简装弯折而回，终毕其功于白狼山一役！沙场血染在昨日，人间恍惚五十载。厉啸在耳，寒光在眼，血火依稀，何等残酷，何等激烈！

他手捻花须回过神来，眼前沧海浩瀚，茫茫无边。涛声阵阵，无休无止，与飒爽秋风天籁和鸣，相得益彰。海面辽阔无边，水天灰蒙蒙在极远处合为一线，绵延千万里似蛟如龙。人在此刻显得极其渺小，如一末如一毫，恍惚间又变得无比巨大，弥天亘地无所不在。若我不存，则此天地寂寂然；俟我登临远望，则天地大开，万物勃然。一念及此，他顿觉一股快意从胸腔中升腾而起，那天际巨龙也在恍惚间与自己化而为一。此番大捷班师，虽胜之侥幸，然北方已定，不日修整完毕，即可挥师南下。

秋风萧瑟，凉意渐起，碣石山却仍绿得生媚、红得晃眼。除松之外，亦有无名怪树张牙舞爪，又有野花点缀其间，再添几分姿色。百草丰茂，草色墨油油的，似乎要滴出水来。风起时云歇处，天籁苍凉，让人不由得心生怅然。他胸腔里的豪迈之火逐渐熄灭，看着海中涌起的巨大波浪，不知中间多少离人泪呢？想到这乱世纷纷，民生多艰，他心中难以自抑地暗叹一声，握着剑柄的手不由得加大了力道。随即又想起自己誉满天下谤满天下，于是自嘲地笑了笑。

夕阳西下，天气渐冷。他朝着夕阳伸出双手，如同将其小心翼翼地托在手掌心一般。仿佛不经意间，曦车便突然躲进云层，跌进海中去了。新月冉冉升起，好似女神从海中婀娜多姿地探出身来。

没多时，夜幕降临，银河绚烂，漫天星斗散落海中，分不清是海是天。星辰是精灵跌落海中，还是海之子翱翔天空？此时天、海、人浑然一体，不分你我，静谧听潮声。天柱凌云昂昂然，石洞秋风嗡嗡然，仙影沧浪飘飘然。物我两忘，天海两失。

虽无酒，他却有些醉了。何人海畔初望月，何年此月初望人？时间的魔爪不会放过任何人，"神龟虽寿，犹有竟时；腾蛇乘雾，终为土灰"。我老了，幸好还拉得开弓，骑得了马，吃得下饭，喝得光酒。眼前这大好河山，若是再无兵戈，一片安宁，又将是何等美好！

"老骥伏枥，志在千里"——男儿当建不世之伟业，开万载之太平。

可天地苍茫，时光悠悠，又几人能懂我？

当此良辰，"幸甚至哉，歌以咏志"。他眯起眼、亮开嗓。

于是猎猎风声、冽冽涛声、烈烈歌声都化为传说。

长歌行·旷野饶悲风

　　长安古意扑面而来，湿了他的双眼。

　　这座高丽雄伟锦绣连云的都城太大太大了，大到可以同时容下所有的野心壮志痴狂念想。即使如他这般旷逸绝伦惊才绝艳之辈，两度登顶笑傲科场，在此地也不过如掷小石入湖，激起涟漪几许，刹那即复平静。可长安城又太小太小了，小到不能同时容下三两句攻讦之语和他的一腔拳拳热血。圣上信谗，使他两度左迁，流放于江湖草莽之间，内不能经世致用，外不能孤胆破敌。残躯垂垂老矣，利剑锋锐不再，灰发草草、白首匆匆，斗转星移十载弹指而过。

　　今时今日，不知是命运的怜悯抑或嘲弄，他终于又有机会站在这条长安古道上了。

　　四周原野空旷寂寥，凄风阵阵呼号不止，凛然寒意给披离的蒿草染上了一层黄色。已是秋尽冬来，万物内敛收缩，人乏草枯，只有道旁白杨依然挺拔如故。

　　多像我年轻时的腰。他把马儿的缰绳系好，倚靠在一棵光溜溜的白杨树上，忆起自己腰挎佩剑行吟塞外的往事。旋即又被身侧悲风衰景所感，想到至今仍郁郁不得志的现状，顿时有百般滋味涌上心头。

想当年长安少年尽英豪，推杯换盏斗酒十千，畅饮开怀嬉笑怒骂。座中客谁人胸中丘壑不是藏着百万雄兵，贵公子、豪侠客鲜衣怒马，百媚娘、丑奴儿言笑晏晏，五花马、千金裘权做酒资。雄文高论艳惊四座、巧言妙语满堂喝彩。他也曾是这座雄城中的宴中贵宾席上佳客，才高八斗妙语连珠，可却始终无人能理解他的抱负。

他心灰意冷，最终决定投笔从戎远赴塞外。面对着大漠孤烟、长河落日和寒柳羌笛，他未能如愿建立军功，却博了个诗名满天下。军中那些曾一起出生入死的战友们，如今若是再相逢，只怕也已是白发苍苍了。如今盛世转衰，纵能躲过兵灾战火，也不过苟活而已。眼见着生命的余晖渐渐消失，更谈何建功立业杀敌报国。

旧日所识，散落各处；人隔两地，难以相从。唯有月照中天，千里可共；些许诗情，托酒托梦，可洗人世浮华、可浇胸中悲痛。与友偶遇于襄阳时，被戏言"少伯不畏老，畏不用也"，他大笑饮酒，一送入喉。

他纵马徐行几十里，向北登上汉朝皇帝的陵墓。遥遥远望着位于南边的长安古道时，他忽然有了一种奇怪的错觉。好像突然间回到了过去，在塞外时，他也曾一次次、一夜夜远望长安。所不同的是，此时此刻的长安不再是一个模糊的地名，而是他颤抖着双手可以抚摸到的斑驳墙砖。汉朝子民无法触摸长安城，是因为时间上的错过；而他身处当世，因不值一提的琐事两度迁谪，只能与长安城遥遥相望。这种空间上的错过，是因为中间隔着的，是一条满溢着谤议的银河。

　　脚下这座汉朝皇帝耗费了无数人力物力修建的豪华陵墓，如今却长满了荒草。陵墓下面有残破虬结的枯树根，其中更藏着许多鼯鼠的巢穴。汉高祖刘邦的子孙们已经无处可寻，这座陵墓前大概百余年也没有人经过了。来此处光顾的，除了他这种前来凭吊心有戚戚焉的文人骚客，只怕就剩下进入陵墓中寻宝盗玉的盗墓贼了。

　　身前贵为九五之尊又如何呢，死后依然难以逃脱陵墓被盗被毁的命运。天上真的有神明存在吗？为什么看到人间的种种疾苦和不公，却也无动于衷呢，还是根本就无可奈何呢？

　　他不知道答案，却只能劝慰自己应该对命运保持从容和豁达，有酒的时候就该痛饮就该高歌。唯有诗酒，一生相随，从不辜负。

　　可是真的没有答案吗？

　　那个遥远的清晨，南国的烟雨终究温柔，连寒意都没有那般锐利逼人。四周孤峰兀然傲立，江水如丝如带缱绻向前。那一天，山在雨中、雨在水中、水在山中，芙蓉楼前的他挥手作别，那声音掷地有声：

　　洛阳亲友如相问，一片冰心在玉壶。

将进酒

于宴过半，于乐无穷。

这场酒宴别开生面，以天为庐，以地为席，蹑风为朋，呼日为伴，好不自在！三人散坐于地，时仰时卧；酒意熏熏，杯盘狼藉。天地间空旷寂寥，但见芳草郁郁青青，野花点点星星，都对这肆意饮咏、纵情狂浪的场面惊叹不已。此时杯接盏连，酒劲暗暗上涌，眺目远望时，但见大好河山朗朗入目，锵锵入怀，令人心神激荡。层林尽染，墨色无穷，绵绵无绝，使人且喜且忧。

此间乐，不思凡尘。他醉眼迷离，跌跌撞撞地站起身来。方此时刻，胸怀打开，过往忧愁忽然烟消云散。他再饮一杯，浇却方寸块垒，也勾得醉意更浓。而座中二友，经年未见，当此宴乐，便都忽略章法，辞别礼数，同他一道高歌笑骂起来。

应是良辰美景，酒不醉人人自醉。

席边有拍鼓一架，小腔稳立于地，大腔傲睨于天。木质的鼓身如同他满身的傲骨，而皮质的鼓面则像他的生花妙笔。

他跟跄着走到鼓前，收敛心神，深吸一口气，接着便用双手拍击起来。手掌起落间，拍鼓顿时发出清壮雄浑的声音，所奏正是祢衡骂曹时的《渔阳掺挝》，渊渊然有金石之声。俄而鼓声大作，如同惊涛骇浪，惊走林鹿，惊飞山鸟。二友闻之，皆改容动色，先是奋奋然昂昂然，终于凄凄焉戚戚焉。

一曲鼓罢，一友笑曰："凡物不平则鸣，鼓声忿而向上，拟君才如江河大海而不能用，是以振翅而鸣。"

他回到席边，盘腿坐下："非也非也。"

另一友略作思忖，胸有成竹道："鼓声悲怆，拟乌云蔽日不见天开，尔民似鹿苛政如虎；又则哀伤，拟曲意逢迎青云直上，黄钟毁弃瓦釜雷鸣。"

他自饮一杯，笑道："此言甚善，然亦非我意。我非良臣圣贤，唯好酒之徒耳。"

二友闻言，俱会心一笑。

此时日已西沉，群星渐耀，一轮新月如钩悬于天际。阵风渐凛，牢骚渐盛，觥筹交错间三人竟不期被山风吹醒酒意。二友见天色已晚，无心再饮，便推说无酒。

他没有回应，却痛饮一杯。举目望着远处的影影绰绰、莽莽苍苍，想到自己已过知天命之年，不由得感叹时光飞逝，形迹匆匆，他心下忽有所感，复高歌一曲。

逝者如斯乎，青丝忽白发。劝君得意时，把盏话桑麻。

今有八斗才，何须屈人下。千金散复来，买尽酒中花。

歌声顿郁深沉，低吟浅唱，字字苍凉。

他将二友杯中添满，笑道："岑夫子，丹丘生，将进酒，杯莫停。

与君歌一曲，请君为我倾耳听。"

山风更甚，如泣如诉。明月当头，染尽层林。烟霭渐起，寒雾忽生，他在翻腾上涌的酒劲中感到口干舌燥。

玉盘珍馐，不过尔尔；今日大醉，方是所求。

不学圣贤，遗世独立；饮中仙人，美名长留。

陈王宴乐，纵酒逍遥；千金买醉，嬉戏红楼。

何言无酒，只须开怀；径取径酌，与君消忧。

"五花马，千金裘，呼儿将出换美酒，与尔同销万古愁。"

一曲歌罢，场中寂然，二友四目相对，震撼错愕，却又都轰然叫好，大笑大闹起来。儒门礼法，道门威仪，此刻全都被抛诸脑后。

三人手中酒杯又碰在一起，杯中美酒洒落一地。无须多言，千愁万绪，皆在杯中矣。

于宴将尽，于酒无极。

来，干！

佳人

我误打误撞闯进这座山谷。

此谷地处僻静，杳无人声。三面环山，涧溪中流，有树参天而垂枝，有草亘地而衰萎。黄绿相杂，枯荣伴生。在这萧瑟肃杀的景象里，我偶遇了一位绝代佳人 [1]。

未见其容，先闻其香。

那是一种奇特的香味，淡雅持久，直抵心扉。那香味呈紫色，高贵神秘又带着调皮，撩拨你的心弦，让你心神不宁；俄而又变成红色，火辣热烈，香味越来越重、越来越浓，在不经意间已把你迷得神魂颠倒。可等你蹙着鼻子细细去品时，这难缠的香味却如同野雾消散、朝露蒸腾，你寻，寻不到，忘，忘不了——好一场春梦了无痕！

我受不了这样的折磨，循着香味缓缓向前。我不敢出声，连脚步都放得很轻很轻，生怕唐突了佳人。此时晨雾扑扑簌簌，

---

[1] 本篇写花商家中失火，将心爱的兰花移栽空谷的故事。佳人即指空谷幽兰。编者注。

朝阳半隐半现，秋寒也懒洋洋地随着露珠滚落一地。在这缥缈之旅的尽头，她遗世而独立。

隔着山岚雾气，映入眼帘的只有她风姿绰约的背影。她还不愿见我，我心知肚明。

不能一睹她的绝世容颜，让我的心上如有千万只猫爪在挠。我很想鼓起勇气，再往前一步。可我不能，因我生性粗鄙，不解风情。今日已是不请自来，哪敢再肆意妄为。

她虽不愿见我这个不速之客，可她的故事却愿意和我分享——

天下芳华出漳州，她自言本是漳州一花商的掌上明珠。家中还有姐妹数人，都是清逸绝伦的天姿国色，平素皆锦衣玉食。同城有一富商见色起意，想要将她姐妹几人据为己有，为此不惜豪掷千金，甚至海誓山盟。可家中老父含辛茹苦细心照顾，一天天看着她们长大，又哪里舍得割爱。

虽未谋面，幸闻其声。

环佩叮当，裙裾飞扬。她的声音有些渺远，带着湿漉漉的晨雾，一点一点地沁入你的心脾。那声音是青色的，不卑不亢，压抑着难以言明的情绪，如清波流转，波光粼粼，缓缓流淌却坚定向前；你以为你一眼看穿，可当倾耳细听时，它又变成蓝色的，如云天一线，冷月孤悬，天籁滚滚，心海深沉。

我忍不住凝神细听，她的声音似悲似诉、若言若誓——

世事险恶，变幻无常，不知何故家中突发离奇大火，当真是飞来横祸一场，将整个家园焚烧殆尽。父亲从睡梦中惊醒，拼死将她救了出来，但其他姐妹都葬身火海，尸骨无存。她娇容憔悴，几不能活，父亲更是心力交瘁，一夜白头。蒙此大难，她纵有艳名天下无匹，又能奈何？更有落井下石者，如之前被拒之门外的富商便趁火打劫，威逼利诱，并美其名曰"雪中送炭"。

父亲本已心如死灰，想将她托付给此人照顾。却不料该富商已有新欢，巨贯千万求得此美，耳鬓厮磨爱不释手，早已将她和曾经的山盟海誓一并抛至脑后了。此番前来并非诚心相助，实为冷嘲热讽百般羞辱——"但见新人笑，那闻旧人哭"。

说到这里，她早已泣不成声。寒冷的晨露沾湿了她的裙摆，在阳光的照射下闪耀着令人目眩神迷的光芒。那明晃晃的，分不清是泪珠还是露珠。

我本想安慰她，可我游历九州，早已看惯白云苍狗人间沧桑，心尘堆积心性淡漠，实不知该如何开口。

她平复了情绪，再次诉说前尘往事，一切都恍若隔世——

家破人亡，老父又不忍她受辱，便将她悄悄安顿在此处，然后就投河自尽了，只留下她孤身一人，自生自灭。她忍受寂寞隐居在此，并没有自暴自弃，牵萝补屋，引泉成池，修竹为友，翠柏当伴，日日见清澈泉水越过山涧，化为浊流滚滚而去，却从不心动。

此时日上高天，悬于穹宇，晨露消弭，光耀四极。满谷山岚雾气一扫而空，她终于迤迤然转过身来。但见她明眸善睐，秋波流转间说不尽哀愁无限；又静默不语，娇俏而立，楚楚动人地站成了"芳华绝代"四个字。

我情不自禁来到她的身前，将她拥入怀中。

我们彼此相拥，直到黄昏日暮，直到我带着兰香而去，直到她忘记一切悲欢离合。

粼粼江别客，清清月近人。

浔阳江水浩浩向前，在夜色中奔涌不息。江畔红枫似火，荻花如雪，在秋色莽莽中静默无言。秋风瑟瑟送悲声，抚过溢浦口凄凉的夜。偶有天籁人声，混在漠漠轻寒中，更添清寂。

他从马上翻身而下，牵着疲惫的马缓步江畔。栗色的马背穿透黑夜，似一根起伏的线。这根线穿透他的眼，把千情万绪都化作身侧江涛浅浅，却终不似从前。

湘灵父女二人停在客船前，他和这位青梅竹马的初恋在作别的时刻竟相顾无言。当年青春年少，你侬我侬，相识八年又相恋八年，诗酒情缘，花月媒妁，却不敌世俗偏见和长辈阻挠。他苦苦抗争，她痴痴等待，然而弹指十余载终归草草。他在万般无奈之下娶妻杨氏，而她则心灰意冷，远遁江湖，从此杳无音信。

悲莫悲兮生别离，又七年天各一方，只能将缱绻柔情深埋心底。可孰能预料，白发新恨青蛾旧容，竟在命运之手的指引下再度交汇。江州城外，秋风雾霭，两颗久别重逢的破碎的心，只能以一场无人见证的抱头痛哭，轻轻点下诀别的墨点。

再送一程吧。

他把马留在岸边，跟着湘灵父女一道登上客船。船在冷冽的水波中轻轻摇晃，涟漪圈圈如动荡不安的心。主客置酒互敬一杯，掩袖间泪如断珠和酒吞下。然酒杯落时，还要强作欢颜。他默默添满酒，胸中千言举杯无语，只有一饮为敬。她也不推辞，只将满腔思与痛、悲与愁随着苦涩的酒水一道翻滚入喉。

四野岑寂，月色无瑕。他胸中郁积，恨不能一吐为快。可他与湘灵皆年届不惑，很多话都已吞声不能言。此时有酒无乐、有情无缘、有心无念，醉意沉沉，杯中酒只浇出个去路茫茫无人问。离别将至，一时间愁云惨雾满江满湖，江月茫茫呜呼呜呼！

忽有琵琶声从水上传来，铮铮然有长安教坊之风，让他和湘灵父女一时间都忘了各自归途。他们循声找去，想要一睹弹奏之人的风采。琵琶声戛然而止，却久久未有回应。他抑制不住内心的好奇和激动，让船家把船移至近前，又添上灯油拨亮灯芯，摆上瓜果酒蔬重新开宴，盛情邀请琵琶弹奏者见面一叙。

对面船上传来女子的轻叹声，旋即又陷入沉默。他再三邀请，琵琶女才逦迤然现身。她怀抱琵琶半遮花容，转紧琴轴后轻轻拨动试弹几声，顿时有淡淡的忧愁从琴弦间流淌出来。曲未成，情已起，声暂歇，意难平，颤动的琴弦间压抑着浓浓的哀思，似乎在诉说着她平生的求而不得。她黛眉低垂，断断续续弹奏着，起起伏伏的琵琶声如同在倾诉心中的峰壑丘谷。《霓裳》弹罢，《六幺》又起，她的纤纤素指在琴弦上如同蝴蝶一般上下翻飞——时而轻轻回扣，如同新月经天而行；时而缓缓揉动，连月华都为之迟滞；突然又顺手下挑反手回拨，琴声遂锵然而起，让人心神为之一荡。她神情专注，人已化入乐曲之中，轮拨大弦闷声滚滚如同轰然而至的骤雨，弹剔小弦泠音阵阵恰似夜深人静的私语。

他转头朝湘灵看去，却见这个让他朝思暮想却天各一方的爱人，此时再次红了双眼。他少有才气，天赋卓群，又夙兴夜寐，苦读不止；二十七岁高中进士，正所谓"慈恩塔下题名处，十七人中最少年"；三十五岁更是以一篇《长恨歌》传诵京师，名动天下，一时间洛阳纸贵。可谁能知晓，他如此拼命，为的竟是在家慈面前提出和湘灵结婚的请求时，能更有底气。

他也常常痛恨自己的软弱，但从小打下的"忠孝"的烙印让他无力反抗。他敢于反抗权臣奸佞，敢于抨击社会不公，可他却难以超脱那些让他汲取养分安身立命的诗书文章，所以在面对含辛茹苦把自己养大的母亲时，他最终选择了放弃。

从此"天长地久有时尽，此恨绵绵无绝期"！

琵琶声把他拉回现实里。此时琴声潮涌，如同江涛怒吼万马奔腾，夹杂着江潮柔波飞沫升腾。沉重抑扬，细促轻幽，交错流淌，铮铮入耳。人在江上，江在月下，江月莽莽复茫茫，让人一时间分不清天南地北。只觉眼前水天共色，耳边四季变换不休。忽有春莺在花间欢快啼鸣，又有秋泉在寒霜下缓缓流淌，终于冬雪大降冰泉凝滞，琴声也在幽咽中随之停歇。

此时江涛渐歇江月老，渔船渐横渔火息，满江满船静悄悄。一种别样的情绪暗暗滋生，此中幽恨又能与谁人道？天籁人语，一时皆无，却胜过千言万语。蓦然琴声大作，如同银瓶摔破水浆四处飞溅，俄而又像铁骑冲阵厮杀，刀枪与呐喊齐鸣。仿佛从高山之巅纵身跃下，一曲倏然终了，她对准琴弦中心，四弦锵然一扫，响遏行云。方此时刻，夜是静的、月是清的、梦是浅的，东船西舫的人们都沉浸在优美的余韵之中。静谧的浔阳江画卷里，此刻只剩下皎皎秋月倒映其中。

琵琶女沉吟着将拨片收起插在琴弦中，站起来整顿衣裳，收起方才奏乐时悲怨的颜容。她说自己出生于长安城东南曲江附近的虾蟆陵，是京城久负盛名的歌女。曾跟随穆、曹二位优秀的曲师学习琵琶，豆蔻年华便已技艺大成，在教坊中的排名属于第一梯队。

提起年少时的风花雪月，她的眼中露出奇异的神采。彼时她曲艺高超让人惊叹，容颜娇美令人倾慕。长安城又是诗酒风流之地，多少富家子弟、少年才俊都争先恐后拥来打赏，一曲弹罢获赠的红绡彩绸堆积如山。钿头银篦等奢华的首饰被随意用来打着节拍，即使断裂粉碎也无人惋惜，鲜艳的罗裙被打翻的酒水污染也毫不在意。年复一年都在欢声笑语纸醉金迷中虚度，春去秋来的美好时光皆被白白消磨。

长安城，这座气度恢宏的国都，想必还是那般繁花似锦、车马如织。他没来由忆起在长安的精彩岁月，怀着"达则兼济天下"的使命感，他和元稹倡议了新乐府运动。于是在京都的烟花烂漫之地，他身体力行，用手中笔无情地揭开了这繁花着锦烈火烹油之地藏着的溃烂和脓疮，写出了心忧炭贱愿天寒的卖炭翁、虚受吾君蠲免恩的杜陵叟，还有让无数人咬牙切齿的《秦中吟十首》。可谓满腹热血一腔孤勇，既报知遇又全己志。彼时倒也恩仇快意，不负斯文。

琵琶女继续诉说，自言后来兄弟被征召参军，当家嬷嬷也撒手人寰。时光飞逝，不经意间，她已青春不再。教坊门前再无当年热闹非凡的景象，而是变得门可罗雀。她年届三十，无处委身只能嫁给商人为妻。可是商人重利不重情，上个月就前往饶州浮梁县采买茶叶去了。商人走后，她只能在这浔阳江口独守空船，陪伴她的只有杳杳秋月和凄凄江水。夜深人静时她常梦忆青春，一边追忆一边泪流满面，冰凉的泪水总是糊晕了脂粉。

他听闻此言，心中感慨万千。是夜送别，忽闻有京师教坊之风的琵琶声，便已勾起诸多回忆，心下忍不住叹息起来。此时听到琵琶女的诉说，他更是一时间百感交集。

今夜此地俱是天涯沦落的可怜人，既已相逢又何必在意是否相识。他在去年离开热闹繁华的长安城，被贬谪到偏僻的浔阳城。虽然常常卧病，却恬然自安，今闻琵琶女的诉说，感念伤怀，终于开始有一种被贬谪的感觉。

他想起往事峥嵘和少年热血，嘴角忍不住露出一丝难得的笑意来。他因直言劝谏和讽刺权贵得罪了很多人，又在宰相武元衡遇刺身亡时挺身而出上书言事。终于求仁得仁，被奸佞以《赏花》和《新井》二诗为由进谗，将其贬为江州司马。一腔热血被兜头一盆冷水浇熄，让他感到彻骨凉意。至此他才深刻地领悟到，年少拜谒前辈顾况时，后者那句长安"居大不易"其中深意。于是他心灰意冷，意欲忘却心中孔孟之道。

贬谪浔阳后，此地偏僻荒凉，居民大多目不识丁，又哪里能懂音乐呢？一年到头也没有机会听到如此优美的音乐！居所临近湓江地势低洼环境潮湿，宅院四周长满了密密麻麻的黄芦和苦竹。朝朝暮暮常在耳边萦绕的，尽是杜鹃啼血的嘶鸣和老猿啸哀的悲号。即使是在绿潮涌动春花盛放的早晨，或者秋月皎皎的夜晚，往往也只有一个人自斟自饮,在孤单中度过这样的良辰美景。

多么孤独啊。他常常忍不住怀念,并非怀念长安的肥马轻裘,或者玉盘珍馐;亦不是怀念勾栏酒肆,或者美人如玉。只是怀念同愤不公忧贫人,怀念同谏君王报慈恩,怀念君知我意我知君。于是无数个夜晚,徒恨知音渺远隔天涯,恨杯中酒、眼中泪和心中诗,都无人能说无人能懂。乡野之地也偶有山歌和村笛,只是那音调嘶哑,实在难以入耳。

在这离别的伤心之地,今夜猝不及防听到来自长安教坊的琵琶曲,他顿感老怀甚慰,灰暗单调的生活也难得有了一丝亮色。于是他运笔如飞,洋洋洒洒,为同病相怜的琵琶女写下了一首《琵琶行》。

请为我们再弹奏一曲吧!

曲终人散,便是真正别离时。从此天各一方,无论是青梅竹马意外邂逅,还是天涯沦落萍水相逢,都将化为云烟,作别在翌日天明时。

琵琶女听闻此言,沉默着站立良久,终于回身缓缓坐下。琵琶声再次急促地响起,悲声如怨如慕,凄凄恻恻。心中情、曲中意与方才已截然不同,座中主客闻之皆掩面痛哭,泪流不止,他更是难以自抑地号啕大哭起来——

他知道自己为何落泪,那是缘于理想人格的破灭,而非因为自己被贬。

月色迷离,涛声寒寂,他在恍惚间仿佛听见一个洪亮而缥缈的声音,很遥远,又似乎就来自心底:

白居易,你后悔吗?

他点点头,又摇摇头。

浣溪沙·一曲新词酒一杯

此时无声胜有声。

在他眼中，你是一个什么样的人呢？敏感、幼稚、脆弱，千言万语汇成一个字——作。

不能听雨声，点点滴滴入你耳便是枯荷听雨，淋淋漓漓入你眼便是珠帘细雨，叮叮咚咚入你心便是江湖夜雨——可他却不分爱恨情仇，只觉一身凉爽，于是酒兴大起，继而鼾声大作。不能看月色，看新月如眉初上柳梢头，长笛谁教人约黄昏后；赏淡月朦胧韶华笛声里，梦魂何处离亭忍泪听；观冷月凄凄凝辉冷画屏，瘦草零花横笛已三更——可他只觉得月色单调，笛声呕哑，于是横加指责，继而雷霆大怒。

你不愿再说，只是沉默。

想是逃避，也并非逃避。

心，乱几片、丢几片、碎几片，添点对牛弹琴，加些积怨成疾，便成一地狼藉满目疮痍。

时已暮春，天气由暖转热，万物奋争勃然，一派欣欣向荣。

你常操琴弄曲，虽无人聆听，却也能排遣淡淡愁思。知音难觅，衷情难诉，也不过是柴米油盐酱醋茶后的袅袅余音。你得用这些烟火气活着，可活着又似乎不是为了这些，至少不是全然为了这些。

花园里正当花期，姹紫嫣红，分外妖娆。你也如此愤怒地盛开着、燃烧着，可不日雨期一至，便是满园零落，凄凄惨惨。

彼时这满园花朵，能剩几多？

你看那花儿肆意绽放尽情招摇，全然不惧雨期将至。它们充满了勇气，也充满了魅力。相比之下，你如今的自怨自艾倒显得有些浅薄和可笑了。

可你并非无缘无故地伤心，你深知"花开不同赏，花落不同悲"。花儿流浪人间，想要遇到一位心有灵犀的赏花人，可得偿所愿的又能有多少？却常常如你这般，遇到的不是赏花人，倒是个粗野的葬花人。

你这几日忙里偷闲新填了一支曲子，想弹给他听。他不出所料地摇摇头，与往日一般毫无兴致，只嘟噜着睡觉去了。

你对他的反应不以为意，反正早就习以为常了。你带上古琴和一杯薄酒，置于花园中的小小凉亭里。因为生病，你已经许久没有来过这里了。

夕阳晚照，满园都镀上了金色，煞是好看。你忍不住在铺满鹅卵石的小路上徘徊起来，热风熏熏，让人又暖又困。天气和上次游园时一般晴好爽朗，这小小凉亭也丝毫未变，只有自己虚掷光阴，徒增马齿。

残阳逐渐西斜，将光和影的平衡打乱，搅出一地细碎斑驳。满园春色终将凋零，赏花人只能无可奈何地看着它们片片落下，化为尘泥；而那青瓦檐间呢喃的燕子也似曾相识，徒勾起流浪者的无限幽思。春愁渐起渐无穷，春鸟呢喃复哀吟。曦车西下日将老，落红垂泪，知音难寻，佳期犹渺渺。

你在无限的愁思中弹奏起来。散音松沉旷远，让人起远古之思、千年嗟叹；泛音则如天籁，有一种清冷入仙之感；按音丰富多彩，你手指下流淌出的吟猱余韵细微悠长——时如人语，秉烛夜谈；时如心绪，缥缈多变。琴音并不哀婉，可却始终透着些许悲凉和伤感。

然而一曲未了，便有一个怒气冲冲的人影出现在你的面前。他睡眼惺忪打着赤膊，狠狠地斥责你的琴声打扰了他休息。

你充满愧疚地笑了笑，不愿再与他发生争吵。你并非觉得对不起他，你是觉得对不起这满园春色。

于是你将手指虚置于琴弦之上，听着凉亭外的喃喃风声，轻轻地拨动起来……

苏幕遮·怀旧

　　如果我是云。蓝的底色是天际的幻梦，看着很真实，想想又天真。飘忽不定，随缘聚散，任意西东。我在他乡远望故土，热泪化作夜雨滂沱，打湿喧嚣浮尘，打湿痴心妄想，打湿这时代的名利虚妄。那村口的野渡无人，于是雨就做了媒，任空寂寂小舟横行河中，如在天空滑翔。

　　叶也来添砖加瓦。黄的诉说是大地的底色，西风微寒料峭，想是一夜白头后忽然豁达了然，或卷儿或旋儿，或上天或入地，方法林林总总，目的同又不同。铺上一地，黄中夹绿，如毯如席。那秋色像画卷徐徐展开，却转瞬燎原，此地、彼地——秋波同浩渺，寒水生烟青。湖光山色空空荡荡，人似画中墨点，如置身世外。纵目远眺，我看见空渺渺一片扑面而来，分不清是水是天，猜不透是近是远，只是为想念杜撰一个支点，终也理不清是喜是悲。

　　如果我是风。我要把幻梦留给天，把思念留给水，把情绪留给山。山总是层次分明的，瘦骨嶙峋也罢，高大雄浑也好，端庄秀丽也行。它们总是光的捕手，抓住了这么轻飘飘一卷——曦车渐隐，万丈金光沉渊入镜，转眼间光影流转化为无形，心也随之一沉，喘不上气，睁不开眼，发不出声。于是静悄悄地，在那天与水相接的尽头，光与影纠缠嬉闹，无法放手却都心知肚明，带着不便言说的默契，向着不可挽回的结局走去。山换上厚重的面容，突然成了沉默睿智的老者，临水而立冷意渐起，千万年的凝视归于眸眼中的热泪，滴落此处彼处、他乡故乡。

万籁俱寂，只有草木萧萧。眺目远望，枯黄纠结，绵延如河。一条黝黑小径穿插其间，如同箍在肚皮上的黑腰带，僵硬突兀，也不知通往何方。雾气渐起渐浓，草色渐失渐隐。我在路上越走越远，渐渐失了方向，只有心随着草色招摇，仍旧生长在那年的烂泥滩上。草色年年连连，白了鬓发，染了芳华，把那些浮名虚利都毕毕剥剥地打落一地。

如果我是梦。那是一场不愿醒来的美梦，巧笑今日应不吝，醉把桃花做酒钱。桃花漫天，零落成泥；或斑或点，或卷或拈。斯人何忆，我亦何念，桃源深深深几许。水声灯影里，架两只桨，沿着烟火气弥漫的河道，在萍踪藻影里悠悠向前。清波荡漾，四周吆喝声、叫卖声此起彼伏，乡音热烈滚烫，咚咚咚敲打着耳膜。忽尔锣鼓震天、人声鼎沸，我的思绪从蚱蜢舟上切断，那水台上的戏班子刀刀马马地闹将起来。红脸的、白脸的、黑脸的，作着揖、叠着袖、踩着步，哐当当把木板的台子踩得山响。又突然没了声响，只剩余音袅袅、不绝于耳，才下眉头、又上心头。

舟过滩头，人声疲稀，夜空魅浓。那蚱蜢舟来到星空下，便渐渐如蚕声一般腾空而起，往星河中奋身而去。我挺立舟头，观天地莽苍苍一片，似乎千万年来未曾有何改变。犹记年少时，河水潺潺东去，带着闯荡八方的锋锐之志，出河谷、濯污垢、清淤积，誓要濯缨濯足、翻江倒海。而今垂垂老矣，眼前河水已不复当年汩汩，只有静水流深、面目可憎。

如果我是月。我要以天为杯，以海为酒，将满腔愁肠化为清辉洒满人间。此时亭阁彼时歌，悠悠千古唱罢，鼓角横吹，一曲《关山月》。那月下倚楼独望的，不止我投下的影，还有对饮成三人的渴求。我冷眼看着，眼见他斟了酒，眼见他抬手入了喉，眼见他自以为忘了忧，眼见他望一眼又望一眼颤巍巍下了楼。终于月凉星残，人去楼空，耀州也一并沉沉睡去了。

料想他们今夜也同我、同他一般吧。

但愿人长久。

梦里有滴滴答答的雨声。

他从梦中醒来，皱了下眉头，似乎想到了什么。但记忆并不靠谱，转瞬就记不清了。窗外似乎有雨声，与梦里遥相呼应。他不敢开窗去看，夜雨太过寒凉，往往沁肺添悲、铭心生痛，使人在昏黄的灯光里无所适从。若是明月当空、雨迹全无，则更叫他承受不来。

一转眼已十年过去了，卿埋泉下泥销骨，生死茫茫，无人问津。他犹记得倩影依稀，耳鬓厮磨，想忘不能忘，想忆不堪忆。尘世的烟火味太浓，熏得他不得不斩断些棱角和情绪的枝丫。可他内心深处，那不为人知的角落里，仍旧埋葬着年少那段闪亮的时光。

过去太美好，让他如何能忘记呢，况且私心里他也知道自己承载着什么在活。眉山远在千里之外，满心悲怆如水波溢满整个胸腔，隔着颠沛流离和痴心妄想，把他无情地遗弃在一片荒原。太久太久了，徒足十年，栉风沐雨，居无定所，识云识雾又识愁；太远太远了，谪居千里，夜色茫茫，不见天明，无舟无酒又无乐。久远到习以为常，孤僻到形骸放浪，一肚子的不合时宜偏又无处安放。

幸好遇见她，十一年挑灯伴读，举案齐眉，心有灵犀，比翼双飞，却不测成两处茫茫皆不见。于是心痛成碎片，一片一片迷失在胸腔里无法拾捡。他无法承受这种撕心裂肺的痛楚，便渐渐让心生了茧，欺骗自己要去忘记这一切。

可笑可悲。他空叹自己华发早生、满脸皱眉，料想今日若相见也不能相识，她那么端庄秀丽、笑靥如花，他也曾青春年少、风流倜傥，琴瑟相和、凤凰于飞让多少人艳羡。起先他尝尽了人间的甜，可后来又吃遍了相思的苦，显然这些都拜她所赐。她会到他的梦里来，不知是她不愿放手，还是他不愿放手。来得倒也不多，可总叫他肝肠寸断、泪如泉涌。朝为卷云夕为风，来去太匆匆，而她的名字、她的笑颜、她的身姿，都历历在目，不能忘怀。

密州多雨，今夜亦然。窗外雨势多变，如同他的心境一般。先是点点滴滴，敲敲打打，让人头皮发麻；接着雨丝越缠越紧，淋淋漓漓，漫天泼洒，天地间湿漉漉一片，浸润得种种念想都不可抑制地发了芽；最后大雨瓢泼，肆意砸落，头顶青瓦轰隆作响。随着记忆的闸门崩塌，思念如同泛滥的洪水汹涌而下，凄凉之筏横冲直撞，悲伤的急流无处可藏。

他有些累了，趴在书桌上沉沉睡去。如豆灯光昏昏融融，照淡一室空旷寂寥。夜寒深重，倾泻于地，如漏如洒。半梦半醒间，他忽然回到了家乡——眉山风貌，依然如故。风和日丽，那竹下窗边，风很轻，影很慢。雕花的窗棂、光滑的叉竿，都涌到眼前。他不敢再看，因那梦中人正在窗边梳妆打扮。香墨弯弯画，胭脂淡淡匀。十指纤纤，玉笋红透；窄袖高腰，体态婀娜。她眉目清丽，神情安逸，气质淡雅。风声阵阵，竹影层层，人在画中、在梦中，比画更美、比梦更甜。

这可人儿越是美好，他的心痛得越是厉害。她似有所觉，倏然抬头。四目相交间，天崩地裂，千言万语都在不言中。只字难说，片语难言，一时间只有喉哽声咽。他闭了眼又睁了眼，手指紧握成拳，终究模糊了视线。一宵红尘隔雨冷，十载空名葬浮生。相顾无言，热泪滚滚，满腔只有恨，恨，恨！剪不断理还乱，密密麻麻，呕呕哑哑。无限凄凉无限恨，排山倒海，层层叠叠，汹涌而来。眉山之殇、密州之恨，凄凉饮罢，何须他人替我慰平生？

他倏然梦醒，窗外雨势已不复滂沱，只余点点滴滴。此时夜已五更，她已远去，如烟如雾，了无痕迹。矮松乱石，适彼归途，又是年年肠断处。

而千里之外，眉山月色凉如水。

定风波 · 莫听穿林打叶声

我去云塔山 [1] 拜访一位隐士。

坐车到达云塔山景区收费站，买了门票上山，人声鼎沸，好不热闹。是日风和日丽，万里无云，云塔山像披上了一层金纱。矮树蛮藤掩映成趣，墨绿的树叶浓烈得似乎要滴出水来，星星点点的野花点缀其间煞是好看。

隐士的住所在半山腰，他自己砍竹为梁、烧土为墙，砌了一座简陋而原始的小屋。他又在门前挖了两口蓄水池，再种上些瓜果蔬菜。往常这里人迹罕至，偏僻幽静，鸟鸣啁啾，溪流潺潺，倒真如世外桃源一般。可如今随着云塔山旅游业的开发，此处居然成了一处出名的景点了。虽然不在官方的"云塔八景"中，可游客们却很偏爱这里，甚至有人不远千里前来，也非诚心拜访请教，只是想一睹高人的风采图个热闹罢了。

隐士不堪其扰，但他心性淡泊，只把这当成另一场修行。

---

[1] 云塔山与下文中的墨迟河都是作者虚构的地名。编者注。

我寻访隐士，不愿坐缆车上山，一步一个脚印地往上攀登。初时天气晴好，然中途雨生，凉透脊背，道阻且长。满地泥洼混着落叶，又兼风雨凄苦，不觉间心境悲凉，脚步踉跄。又转念一想，这点风雨在漫长的人生路上又能算得了什么呢？人生只会比这更苦。

　　于是苦中作乐，"莫听穿林打叶声，何妨吟啸且徐行"。

　　我挂着树枝，脚上沾满污泥，扯着嗓子大声歌唱前行，终于带着满身疲惫走进隐士的院子里。忽然风雨交加，到此处又没有砖石铺成的大路，只有一条七拐八绕的泥泞小路，此刻果然没有其他游客来此。

　　隐士正在打扫院子，他的灰发绾在脑后，神情淡定从容，见我来也不惊讶，只淡淡道："请坐，稍等。"

　　我着实等了一阵，但他始终视我如无物，仍然不急不缓地打扫落叶。我不以为忤，拉过一把木凳坐了下来，安静地看他挥动着扫把。隐士扫地很认真，不一会儿就额头冒汗，气喘吁吁了，他冷不丁地冒出一句："你很不客气。"

　　他话里有刺，我心里"咯噔"一声，惊出一身冷汗，正准备开口道歉，却听他接口道："既无所欠，何须客气。"

　　隐士停下手中的活儿，笑了起来。

　　我一时间不知该如何接话，他把我迎进土屋内，只见四壁空荡荡，仅有一床一桌两凳。添水煮茶后，隐士和我相对而坐，问道："客为何来？"

　　"剑藏匣中久，锋刃不能试。"我答道。

　　隐士若有所思地看着我："锥处囊中无所用，锥之过，囊之过？"

　　我思忖良久，叹道："风雨如晦，日月无明，闭门造车，南辕北辙。"

隐士冷声道："愤世者愤己而已，梧桐既已凋零，何不同享腐鼠？如此又能脱颖而出，剑尽其用，一鱼两吃，岂不美哉！"

我也冷笑应道："诚如所言，何必至此？"

隐士抚掌击节大笑道："心明如镜，何须映照外物，客又为何而来？"

"竹贵有节，梅贵有香，人贵有骨。"我郑重道，"访贤明志，定性择路。"

水已咕噜噜地烧开了，隐士帮我冲上茶，做了个"请"的手势。

我礼貌地抿了一口，茶很苦。

他的目光转向窗外，看了一阵，忽道："客来时，天气如何？"

"初时风和日丽，行至中道骤雨倾盆，路险石滑，几不能行。"

隐士注视着我，认真道："风雨恒在，良日不常。即便如此，你仍然来了，便自有答案，何须再问我。"

这是在下逐客令了，我一口喝完杯中苦茶，站起身恭敬执礼道："良言在耳，醍醐灌顶。今天已经不早了，他日再来拜访。"

隐士挥挥手："不必，你是我在云塔山招待的最后一位客人了。"

他无奈地笑了起来，似讥似叹道："因为网民的种种善意，云塔山景区准备将我这破庐穷窑进行翻修，然后在四周种上桃树，屋前的泥泞小路也要铺成康庄大道。不久的将来，这里就要成为'云塔九景'之一，被打造成真正的世外桃源了。"

我调侃他："这对你是好事。"

他幽幽道："你我皆在歧路，何必要分彼此，此举对我不啻狂风暴雨。"

我准备告辞，他把我送出屋外，我犹豫了一下还是忍不住问他：

"你准备搬去哪里？"

他朝着北方遥遥地指了一下，声音出奇的小："云塔山冷意不再，那股洒脱也败得一干二净，已经太热闹太肤浅了。"

我点点头，没有再作告别，径自去了。

隐士也未再送我，却在身后高歌起来："回首向来萧瑟处，归去，也无风雨也无晴。"

云塔以北是牢山，后来我亦去彼处寻访过数次，却都无果。

好像，这个人从未存在过一般。

如梦令·昨夜雨疏风骤

向晚意不适，于是添杯酒。

思绪是绵延悠长无穷尽的海岸线，蜿蜒在潮水涌动的情绪之海。春的浪头已逐渐远去，眼看着夏的波涛渐起。气温一天天升高，如同缓慢爬行的爬山虎，沿着斑驳的赛道一路向上。

鸟鸣未远，蝉声将至，这自然的律动常常让人怅然若失。晚来雨至，夹风带雾。雨意苍凉，敲在窗户上噼噼啪啪，落在屋顶上毕毕剥剥，也打在巷弄街角田间陌上，有声又无声。于是她嘴角带了笑，那笑意转瞬即逝。

风是一阵一阵的，不算调皮，应是粗野。像个满地打滚的浑小子，风起时把雨在怀中抱作一团，撞上玻璃和檐角，于是叮叮咚咚。她为这紧致的雨声着迷，忘了杯中酒和曲中人。转念一想，这天地浩荡，人间胜景，何其壮哉！云为槽，雾为轴；山川河流，好似音箱覆手；大珠小珠，或急或缓；四时皆备，五音俱全。念起时，情到处；心猿意马，如同闲云懒雾；红酒黄酒，或喜或忧；一生快意，半世飘零。

她在不知不觉里，已化入雨中。梦是浅的，笑是圆的，雨声是清晰的。雨声让她遗世独立，她让天地平添欣喜。灵魂被剥夺，思绪被抽离，有这沉沉雨声做媒介，恍惚间她与天地悄悄换了角色。

于是那些窃窃私语，突然间都变得狭隘可笑起来。

可到底，谁才是那情真意切的曲中人呢？

徘徊在夜的静谧中，享受着光与影的轮转。有时候很真实，有时候却又很虚幻。云聚，雾散。恍恍惚惚听雨声，点点滴滴到天明。

怎奈雨声渐疏，杯酒渐冷，她终于回过神来。

不如干了这杯吧。

睡眼惺忪里，她从宿醉中醒来。头有点隐隐作痛，窗外早已没有了昨夜风雨的痕迹。

但她不敢去猜，更不敢去看，不知那满园春色，还剩几何？这脚步踉跄的春，带着一身冷味、酒味，决然而然地去了。它丝毫不为任何人停留，也绝不会为任何人忧愁。

风雨也只是助纣为虐罢了。

她在窗前犹豫了很久，始终没有勇气开窗看看花园中的景色。

这一夜凄风冷雨，总是叫人心惊、心疼，只恨风流总被风吹雨打去，又怕一宵冷雨葬名花，可她所经历的世事，有时候比这风雨更难熬。满头的青丝里已有白发调皮地探出头来，眼角也没有当初那般光滑平整，她已老态初显，难以遮掩了。

那么要去怪罪风起雨歇、春去夏来，还是责备酒冷茶凉、情深缘浅呢？

像风雨来了又走一样，她只想想也只望望，毕竟——她没那么矫情，也没那么乖张。

园中免不了一地落红，但总不至于全军覆没吧？她心下想着，却忍不住笑了。

犹豫良久后，她终于鼓足勇气，打开窗户——

幸好海棠依旧。

他与夜是格格不入的。

上元佳节，灯市如昼，东风吹醒不夜城。临安街道两旁的树上，挂满了各式各样形态不一的彩灯。鳞次栉比，如龙如蟒。黄昏微雨生，麻酥酥的游丝银毫没有浇熄人们心头的热情，反而使他们渐渐兴奋起来。

弹指间日已沉，月初升，夜色如少女的裙摆翩跹而来。像早有预谋一般，突然间火点起来了，灯亮起来了，根根灯架座座灯台也都花枝招展粉墨登场了，如同光蛇盘旋火鸟睁眼，于是整个世界都陷入光与影的怀抱中去了。而街道上的浅浅积水，如镜般映照出满街火树银花，倒影澄莹，更添几分神秘和梦幻之感。

初时人尚不多，大多结伴而游，偶尔听见他们的窃窃私语。俄而光影流转不息，街道辉煌灿烂，不断有汹汹人潮涌来，转眼间已是游人如织，人声鼎沸。打闹声、嬉笑声和戏乐声混在一起，一时间从街到树、从楼到人皆是灯火煌煌。

他也有些迷醉了，看着眼前的太平盛世，不觉有些痴了。他无数次地问自己，现世安稳不好吗，为什么要做那不断吠叫惹人生厌的恶狗呢？可他一想到山河破碎、旧辱新仇，就恨得牙痒痒。

人群突然变得鸦雀无声，他疑惑地望去，原来要开始燃放烟花了。绚丽的烟花在夜空中绽放开来，千条万条，又点点粒粒，噼噼啪啪如陨星落雨，与地上辉煌的灯火交相辉映。像绷紧的弦终于射出了那支让人期待已久的快乐之箭，人群中随之爆发出猛烈的欢呼声和尖啸声。谁都知道今夜的快乐如同夜空中的烟花一样短暂，但这是他们经年的困苦求生中难得的一抹亮色，如何不忘忧！

街上的游人突然如涌浪一般朝两边分开来，是缀满鲜花的车队过来了。一色的高头大马，缀着鲜花和彩灯，而豪华的马车更是被装饰得珠光宝气、熠熠生辉。车队缓缓而行，所过之处奇香阵阵，让人如痴如醉。游人跟着车队沿着临安的主干道姗姗前行，悠扬的凤箫声、昂扬的鼓乐声和舒扬的琵琶声，随着玉壶般倾倒的月色缓缓流淌弥延四野，令人心神激荡。

月光渐凉渐冽，穿朱户，过绮窗，照一夜无眠。蜡出龙川，油入凤海，鱼火龙灯漫天飞舞，人声哗哗，笑语喧喧。他临街枯眼独坐着，怅然饮一杯浊酒，倍感凄凉和失落。这满世界的欢声笑语同他只相隔咫尺，却咫尺天涯。

盛装的美人们相拥着从他身旁逦逦然走过，她们头上珠红玉翠煞是好看。有的手挽手，有的提着小巧的花篮，笑语盈盈地跟着人群和马车走过去。空气中隐隐有暗香浮动，他在醉眼蒙眬中看了一眼，眼前的歌舞升平的盛世图卷竟渐渐化为火焰。那火焰无根无本，正逐渐熄灭，而四周围着的人群却载歌载舞，对此视若无睹。他心下一痛，眼中泪心中血喷薄欲出，却被他强抑住了。看着那已微如星豆的火焰，他叹息一声，坚定而无奈地朝着火焰中走去，可却不得近前——以身作柴，欲补天穹，却恨无路请缨。

他心中悲愤，无人知晓他心中所愿，都只当他是纨绔子无谋儿。更有甚者，把他比作徒生事端的好斗之犬。这茫茫尘世，又有谁人能够真正懂他呢？在月色星辉里，在火树灯海里，在汹汹人潮里，他寻寻觅觅，望眼欲穿，可却始终找不到那高山流水、镜影悲欢之人。

就在他心灰意冷时，不经意间的一个回眸，仿佛命中注定一般，他蓦然发现自己苦苦等待的那个人，正安静地站在灯火零落处。倩影依稀，恍惚如梦，四目相交间心有灵犀，此时无声胜有声。

他按捺不住心中的激动和喜悦站起身来，可再定睛细看时，那佳人却已不见了踪影。

如烟，如雾，如露。

临江仙·滚滚长江东逝水

俱是烟云俱是梦。

鸦声茅店，沉霜瓦社，冷月孤寺，静悄悄是沉甸甸的。滇海银光闪烁，如迷离的眼，亮晃晃、怯生生，把心绪动荡化作柔波，躲进这伤感的夜。

马蹄声哒哒，踩碎了静谧无声，马上人白须白发，已过耳顺之年了。夜至滇海[1]，连日车马劳顿，他疲态尽显。仆人还落在后面，他心潮澎湃打马先行，终于抢先来到了湖边。眺目远望，滇海苍苍，天地茫茫，银月如钩，天上人间。湖中渔船夜栖，黄灯厌厌，水波粼粼，浪花点点。

他静立湖边，听涛声阵阵无止歇。恍惚间好像整个人都和眼前这湖光月色、天地秀气凝成一线。人在湖边，又恰似在湖中，四周天风刚猛、恶云盘旋。耳畔蓦然响起厮杀声、呐喊声，不知起于何处，忽又消弭于无形。

---

[1] 滇海，即滇池，云南省第一大湖。编者注。

这滇海中，流淌着多少血和泪，烟波浩渺，俱是离人点点滴滴；那渔歌里，叹息着多少成与败，他想起孟德赤壁犬溃、翼德当阳怒目、玄德白帝托孤，清歌凄迈，唱不尽梦魂悠悠谁与渡。英雄美人，千古风流，皆成烟尘往事；征夫戍卒，白骨累累，又是谁家男儿？多少功名利禄、权谋机心，都似滚滚长江东逝水一般。达者如涛，显者如浪，可时光之河转瞬便平复如初，只余涟漪阵阵，谁还管那是是非非，成与不成！

一念及此，他终于长出了一口气，郁积于胸的块垒也消散无形。前三十年他享尽荣华富贵，少有才情，名动京师，高中状元，春风得意，又娶娇妻黄娥，拈花相对、快意人间。可他为人正直不畏权势，又秉持仗节死义之念，历经病辞、力净、死谏和流放，弹指间已过三十载，如今已垂垂老矣。

初谪永昌卫时，他也曾愤怒怨恨，因蛇虺魍魉阻塞于道，蛊毒瘴疠弥漫于野，可通语者皆为中土亡命。但相比这些外部的艰难困苦，圣人昏聩近谗，志不能舒才不能发，更使得他痛心疾首，夜不能寐。然而大丈夫为官一任应造福一方，纵然是身处穷山恶水偏僻之地，他亦始终不忘"立绝域而独立"，时时忧心国事和百姓疾苦。

没想到这一待就是三十多载，春去秋来，月圆月缺。他日日企盼能够完罪归乡，按律法年过花甲可赎身返家，但因"大礼议"之争圣人嫉恨甚烈，竟无人敢受理。只有家严先病后故，得以归乡两次，暂享天伦之乐。如今更是物同人非，往昔荣辱皆轻哂而过，只有青山依旧绿水长流。

就在他站在湖边沉思往事感慨万千的时候，那湖上一叶小舟慢慢划到岸边，舟子笑着邀请他登舟闲话共饮一杯。那舟子同他一般须发皆白，满脸皱纹写满沧桑，却极精神。他也不推脱，上得舟来，见有炉火温酒，便自斟自饮一杯。

他向舟子道谢，舟子笑应一杯，自言打鱼为生，以船为家，居无定所，长年漂泊在这江湖之上，惯看秋月春风。家中老妻早亡多时，膝下一女远嫁他方再无消息。舟子面无表情，所言好似他人之事，无甚悲喜。

他接过话茬，自叹因言获罪，贬谪千里、流徙卅载，有家不能回、有妻不能聚，只能孑然一身，朝露为伴，明月为朋。两人默然无语，举杯对饮，凉夜沉沉，悲怆如雾，千言万语都已在杯中。他话锋一转，提起前朝旧事，感叹崖山海战忠烈殉国；舟子则遥想赤壁之战，孙刘联军借东风大破曹军，羽扇纶巾何其潇洒。又嗟叹前人创业殊不易，后代无贤总是空；回首汉陵和楚庙，一般潇洒月明中；不管谁家之天下，皆是百姓苦与痛。

锵锵往事，俱是烟云俱是梦。今夕今夜，皆成闲聊雅叙，佐酒笑谈。

一壶浊酒见底，四目惺忪迷离。仆人也已赶到湖边，寻到马停处，正扯着嗓子呼唤。

舟子将他送回湖边，也不告辞，径自放歌而去。他在仆人的搀扶下踉跄上得岸来，也不道谢，上马大笑而去。

空留满湖碎银，寒意凛凛。

题龙阳县青草湖

舟过洞庭时，他忽忆起那只离去多年的老猫来。

湖水清冽，浊浪不兴。只有秋风阵阵，送来凉意袭袭。他觉得这湖中鱼儿一定肥美异常，若捉些来喂家中那只调皮的狸花猫，使它能够专心地享用美食，便不会再嬉戏胡闹，打扰自己读书了。可如今自己两眼昏花，已很难辨认出当年的字迹，古书籍旧信笺更多地变成了一种慰藉。就算偶尔挑灯夜读、摩挲故纸长叹时，亦不会再有曾经那道敏捷的身影在周围出现了。

他执杯于手，站在船尾遥望着湖南面黄绿交织的青草山，时虽已秋，山上、湖上仍是生机勃然。小船四周水草丰茂，大片大片的浮萍铺成一张褐底绿顶的斑驳圆毯。舟过之处碧浪翻滚，这张绿毯被一分为二整齐切开，却很快就被动荡不安的浮萍推搡着弥合如初了。

眼前景慰心中意，他一饮而尽，黄酒入喉，心中豪气陡生。遥想年少时家学颇为严厉，经年苦学之下能书善画。又行文洒脱豪于诗作，被赞颇具盛唐气象。品行高洁常以兰草自比，欲兼济天下却无缘仕途。且遇世事板荡、新旧更替，志不能达、才不能展、意不能平，只落得个满腹愁忧。

其父唐珏乃南宋义士，因埋骨义举名动吴越。言传身教之下他亦行事磊落，不求闻达反愈通达。虽然"太平此马惜遗弃"，但终于"清浊凿开云雾窗，禅理悟作大圆镜"。一禅一酒，带他走出心中万千沟壑，遍游四海名山佳水。

但在这山水之间，他已悄悄老去。白发早生，衰弱困顿，行动也变得迟缓而凝滞，如同眼前这秋色重重下的洞庭水波。此时西风渐紧渐急，惹得光阴悄然遁逃，于是凉意渐趋厚重，洞庭秋色也显得越发萧瑟。飒飒寒风吹皱广袤无垠的湖水，泛起层层白波，杳杳茫茫。想必就连那冷漠的湘水之神见此秋杀之景，也会如一夜愁思般霜染满头。

他依依不舍地看着日沉远天、曦车西驾，尚存的余炙与渐起的夜寒僵持不下，连杯中黄酒也带着微微凉意。他举杯痛饮，敬那天地，敬那日月，敬那山水。一杯又一杯，饮出个月上中天、倒出个星海灿烂。夜色渐稠，风声渐息，满湖波浪也由躁动变为平静，只余涟漪点点圈圈。

舟子将船泊于岸边，他依然手不释杯，间饮间咏，俄而大笑，俄而轻叹。醺醺然酒意上涌，他渐渐感到身体变得轻飘飘的。明亮星河倒映湖中，船舷周围一片星光灿烂，于是人在舟里、舟在水中、水在天上。一时间他只觉得整个世界都是明晃晃的，自己仿佛不是在洞庭湖中夜泊，而是在银河之上轻快地荡桨。各种绮念纷至沓来，他带着略显迟钝的笑意，梦见自己行舟在天，而四周云雾缭绕如同仙境，凡尘俗世更是在他脚下越缩越小、越躲越远。可云雾逐渐散开，却又弥漫于整个湖面之上，一时间水天相间、星海纷乱，让他实在分不清是真是幻。

夜寒似漏，月色如霜，他在这醉与醒、天与水之间终于沉沉睡去。身下小船随着水波轻轻晃动，让他恍惚间仿佛又回到了山阴县的家中——牡丹架旁兰香扑鼻，狸花猫以掌洗面，家父手持戒尺大声呵斥，案上放着乱七八糟的书画习作。而他则躺在轻轻晃动的藤椅上，脸上带着幸福的笑意，出神地倾听着远处雷门大鼓轰隆隆的声音。

洞庭是夜，一醉一梦，于他却已是半生。

葬花吟

乱红飞堕入春池。

窗外杨柳依依，风光无限，园中早已张灯结彩热闹非凡了。有花瓣柳枝编的轿马，绫锦纱罗叠的旗帜，彩带摇摇，人声嚣嚣。是日花神让位于夏，于情于理，皆当饯行。

众姐妹都很高兴，唯独她心下凄凄然。这本是个花神惜别的悲伤之日，却被闹腾得锣鼓喧鸣，欢天喜地。她看着不远处凋落的残红随风飘零的凄凉景象，不由得湿了眼眶。春日艳阳昭昭，清风徐徐，可这迢迢尘世竟容不下素红几许。

美者，诚易摧折也。

可是除了她，还有谁能共赏这红消香殒的毁灭之美呢？

只有若隐若现的淡淡蛛丝飘荡在春榭的木梁间，临花、近水，与跌跌撞撞沾在绣帘的柳絮一道成为无声的见证者。

她越来越不爱说话，只把深深愁思并点点情丝卷起，添上些心灰意冷，加了点藕断丝连，斩断完痴心妄想，方可在这浊浊尘世苟活。

春已暮，意已动；情已恼，心已痛。她在恍惚间觉得自己也似那零零落落的残红，渐渐失了颜色，无人关心，无人知晓。

她心下一声叹息：既无人爱你，便让我来葬了你吧。

拿上久已未用的花锄出了门，看着脚下的花瓣，她却又突然踌躇不前了——她实在不忍心在飘落满地的花瓣上踩来踩去。

她举目张望，只见不远处柳丝条条，恣意而招摇地伸展着，哪里会理睬桃花暗哑哑飘零、李花乱糟糟纷飞的景象呢？

可转念一想，这桃李虽可怜，待到春回大地时，仍可再次绽放。但明年的今日，陪在自己身边的还有谁，自己还能像现在这般黯然伤怀吗？梁间传来的啁啾打断了她的思绪，却是燕子上下翻飞，进进出出叼衔花泥加固巢穴。

她触景生情，暗暗思忖道：燕子啊燕子，你还真是无情无义。来年百花再开时，你将复至此地，又哪里能料到那木梁上已是旧巢倾覆空空如也，而我更早已不在了。

端的是聚如春梦散如烟！

她想到自己雨打萍乱的身世，如同被风刀霜剑不停摧残着的花枝，纵使眼下端庄明丽，可又能忍耐到什么时候呢？一旦冷月秋风起，便是亡命天涯时。

何处寻它能寻得，处处寻它寻不得。

她满怀愁绪，觉得自己已然化入花中，只闻千红一哭，万艳同悲。她再也控制不住自己的眼泪，在泪眼婆娑里小心翼翼地将片片花瓣拾捡聚拢起来，又寻一僻静处握紧花锄挖开一个小小的土坑。她将花团一捧捧地放进土坑里，眼泪如同断了线的珠子一般洒落下来，浸染了满地落红，如同斑斑血迹动人心魄。

　　不知不觉间黄昏已至，杜鹃鸟在旁黯然无声，生怕惊醒了什么一般。她终于把落花葬好，又拍了拍土堆，确认没有问题后，才扛着花锄忍痛归去。

　　关上重重闺门，回到空荡荡的房间，一时间只有青灯如豆映照四壁。她在一片昏融融的光线里闭眼睡去，而窗外冷雨渐起，无情地敲打着窗棂，那空旷寂寥的雨声更显得身上所盖的被褥冰凉一片。

　　"知我者谓我心忧，不知我者谓我何求。"她心下湿冷冷湿漉漉一片，所有绮念遐想纷纷扰扰融入雨声，一时间淅淅沥沥，缠缠绵绵。她怜春惜春美好无限，又恼春恨春绝情而去。一夜春来，悄然洒满人间，桃羞李让，蜂痴蝶舞，天地间绿油油、脆滴滴，生机无限；可转瞬夏雨瓢泼，风流总被雨打风吹去，暗哑哑落红满池满地，触目惊心凉意无限——来去何匆匆！

　　她含泪入睡，恍惚间听见庭院外传来悲凉的歌声，不知是花抑或鸟的灵魂在吟唱。可风停雨歇时，她尚未来得及一一辞别，花魂与鸟魂便踪迹并无，也不知流浪到何处去了。

　　于是她惊醒了。

　　她看着沉沉夜色茫茫天幕，心下空荡荡无依无凭。她多希望自己能生出一双翅膀，以月为媒以花为伴，一起飞到天的尽头。可彼处天地苍苍，又哪里能寻到埋葬落红的花冢呢？与其让花瓣在尘世飘零腐烂，倒不如用锦囊把它们收集起来，再用一抔干净的泥土掩埋掉这绝世风流。如此清清爽爽地来到尘世，又干干净净地作别，总强过被抛弃在那肮脏不堪的渠沟里。

　　她思花及己，悲不自胜，心下凄凄，想到自己今日葬花幽思无限，可死去时又有谁会为自己停留、哭泣和追忆呢？人海熙熙攘攘，此生漫长，又有谁能同自己这般痴情呢？只怕等到春意阑珊，花败枝垂，便是自己泣血而亡时。

彼时早已春去红颜悲日暮，人花生死两歧路。

悲乎！悲乎！

偶然

墨迟河和白马湖不期而遇。

云塔山上的冰水潺潺而下，孕育出百转千回、愁肠满腹的墨迟河，它兜兜转转穿涧出林，终于在筋疲力尽时一头扎进白马湖的怀抱里。

受日本暖流的余荫，虽已是强弩之末，但白马湖的水温比墨迟河还是要高上不少。水流在此由急转缓徐徐而入，冰冷的河水和温暖的湖水碰撞激荡，创造出生命繁盛的奇迹。

湖边有不少人家，早先都以打鱼为生，但现在大多出去打工赚钱去了。原来的青瓦红砖房，也在一家看一家的攀比中，渐次盖成了琉璃瓦的二层小楼。早晨再也没有了渔民们的吆喝声喧闹声，没有了妇女们在码头的捶衣声、欢笑声，也没有了孩子们穿街走巷的追逐声嬉戏声。

留守老人们义无反顾地承担起了照顾孩子的重任，可他们年老体衰，往往自顾不暇，又哪里能很好地关照这些孩子呢。没有了父母在身边照顾，生活在水边的这些孩子们基本处于

"听天由命"的状态。他们往往顽劣调皮、不知深浅，所以时有溺亡的惨剧发生。

时下正处在六月开始的禁渔期，鱼市上的水产品已是一天一个价了。这天清晨，天刚蒙蒙亮，湖中便传来了哗哗的水声。一只小小的竹筏在晨雾中若隐若现，一个十六七岁的少年手握渔网，站在竹筏上紧张地观察着周围。若是有个风吹草动，他立马就会逃之夭夭。

几处入湖口都装上了摄像头，若不是今天大雾，他也没这个胆子过来。如果不是家里的妹妹生病了，没有钱去医院治疗，他也不愿意来冒这个险。早晨的湖水冰凉透骨，漫天大雾虽然保护了他，可也带来了更大的危险。他必须小心翼翼，眼观六路耳听八方，既要防人，也要防天。

留给他的时间不多了，一旦太阳升起晨雾消散，他就必须撤退。若是被巡逻的人抓住了，一顿打是免不了的。但更让他心痛的是，竹筏和渔网也要被没收掉，这样的结果是他断然不能接受的。

这样想着，他已经乘着竹筏来到了水势平缓的一处水域。撒网、收网，动作熟练，一气呵成，可收获却不大。拉上来的小鱼还得扔回湖里，这东西吃也没法吃，禁渔期更不敢拿去卖。连续下了几网，都没有太多收获，他不禁感到有些气馁。雾气渐渐稀薄，太阳的轮廓已经隐隐在天边显现，如同影影绰绰的金轮悬挂天际。

他擦了擦汗水，掬两把清冽的湖水喝了，再次撒网。皇天不负苦心人，这次他收获很大，看着网里那几条活蹦乱跳的大鱼，他不由得露出了开心的笑容。又撒一网却无收获，他便心不在焉地收回网来，心里还在细细计算着上次的收获——应该能卖几十块钱，够带着妹妹去卫生站买点退烧药了。

想到这里，他也没有了再继续待下去的动力，决定打道回府了。此时太阳已经在云层中探出身来，万千金芒如同根根利箭刺向大地。空气中有丝丝的热气，混在渐趋稀薄的雾气中，搅得人心生慵懒的错觉。

他的心中并无欢喜，站在随着水波轻轻摇晃的竹筏上，看着逐渐透亮的朝阳，恐惧也随之在心底慢慢滋生。天快亮了，必须在雾气散去前回去，盖上干草藏好竹筏，然后带妹妹去十几公里外的卫生站看病。

他收拾好渔网和水桶，手中的竹篙轻轻一点，竹筏便哧溜一声，如同划破水面的银梭，往远处滑行而去。就在此时，突然听到扑通一声，似乎有什么东西落水了，接着从岸边传来了一阵急促的呼救声，听声音是一个年轻的少女。

他愣了一下，将竹筏停在了湖心。此时太阳已经有些热了，湖面的雾气也在阳光的照射下薄如丝缕。他透过奶白的雾气看到远处有一个孩子在湖水中不住地扑腾着，而湖边站着一个大声呼救的焦急少女。

可这大清早的，哪里有人在这湖边？即使有人，也多是些晨练的老人，哪里能帮上忙呢？

他正想划着竹筏前去救人，手中的竹篙重重提起，却又轻轻放下了。

雾气快要散去了，巡逻的人也快来了。如果被他们发现，不光今天的收获保不住，还要被罚款，甚至竹筏和渔网也会被他们没收。这样就没有钱给妹妹治病了，那她就死定了！

"可……可真的要见死不救吗？"

刹那间他的内心天人激斗，搅得他心神不宁，几乎要站立不住了。

"她并没有看到我，那应该也不叫见死不救吧？"他终于狠下心来，轻点竹篙，竹筏逆流而去。

就在这时，那站在岸边的少女突然崩溃，坐在地上号啕大哭起来，他心下一惊回头望去，只见原本在水中挣扎的孩子已经没有了动静，湖面也平复如镜，只剩下圈圈涟漪。白马湖幽蓝深邃，像一只邪恶的眼，转瞬间便吞没了一条生命。

不好！

他蓦然感到热血冲头，再也顾不得想那许多，竹篙重重一点，便如出鞘的利剑一般刺破水面，朝着那孩子溺水处飙射而去。

坐在岸边的少女突然听见哗哗的水声，在泪眼中愕然地抬起头来，只见一只小小的竹筏突然从湖心的雾气中杀出，猛然朝自己这边划来。

"救命！救命！"原本绝望的她突然看到了一线希望，忍不住站起身挥着手大叫起来。

他来到那孩子溺水的地方，深吸一口气一个猛子扎入水中。少女在岸边看得焦急，心都提到了嗓子眼。她急不可耐地等了片刻，水面上突然一阵响动，便见溺水的孩子被人托出水面放到了竹筏上。

竹筏被划到岸边，那少年抱着溺水的孩子跳上岸来，顾不上和少女说话，便开始做人工呼吸和胸外按压。

看着那昏迷不醒的孩子，少女哇的一声又哭了出来。

"吵死了，别哭了。"他心急如焚地给那孩子做着人工呼吸，听到少女的哭泣忍不住训斥了一句。

她吓得立刻噤了声，只暗暗抽泣着。

此时太阳已跃上东天，万丈光芒照射大地，给世间万物都镀上了一层浅浅的金色。白马湖波光粼粼，幽蓝也变成通透的蔚蓝，而湖上的雾气早已荡然无存。

过了片刻，那孩子突然吐出一大口水来，接着猛烈地咳嗽起来。他们二人顿时长出了一口气，这时候他才有机会细细打量身边的这位少女。

这是一位和自己差不多大的美丽的维吾尔族少女，细眉如弯月，哭得梨花带雨。此时她虽已停止了哭泣，但脸上仍旧带着一丝泪痕。她的五官很立体，阳光照在她的脸蛋上，照出一抹光白来，腮边泪痕和若有若无的浅浅少女红，就像风中舒展开来的含露牡丹一般，摇曳多姿，光彩照人。

他的脑袋里嗡的一声炸了，整个人先是感到麻麻的一片，接着却有一股暖融融的快感流遍全身。

少女先跑去看了一下那孩子的状况，看到他已醒来，只是手足无措神志不清地哭着，便抱着安慰了几句。突然发现那边的少年已跳上竹筏，她心下大急，急忙跑过去。

他将竹筏停在湖边，定定地看着她，一时间不知道该说什么好。少女先开口说了一些感谢的话，他笑着摆了摆手，又看向一旁坐在地上的孩子。

"这是我弟弟。"少女咬着嘴唇强调。

他笑了笑："下次出来玩，要小心。"

少年提起了竹篙。

她忍不住说道："我家住在白夜村。"

看少年没有反应，她有些着急了，又重复了一遍："白夜村，离这里不远。"

他点点头："嗯，好。"

少女还想再说些什么，远处突然传来了一阵马达的轰鸣声。

他心下一惊，到嘴的话也咽了回去，只留下一句："我该走了，替我保密。"

少女呆呆地望着他。

他轻点竹篙，竹筏如同银梭一般划过水面。他好想回头再多看一眼，可少年随即想到了自己病重的妹妹，终究还是没有再回头。

可他的脸上，早已挂满了泪水——这是青春的甜，也是命运的咸。

再别康桥

我屏息注视着对面的空空如也，如也

这是一个特别的时刻，风在纱幔间轻舞

它们歌唱着死者的狂欢和生者的落寂

而我是一个活死人

你来时我活，你走了我死，世事原本就该这么简单

可有人不信

他们在我耳边嗡嗡作响，或疾言厉色，或好言相劝

总归是有理的

可康桥并不讲理，只想讲爱

命运问我何必苦苦坚持，那是骚动的冷和蹩脚的疼

你还不能叫出声

这不公平，这当然不公平

让你在这个年纪还能遇到爱情，这对别人公平吗？

所以你得等，所以你得恨，恨自己也恨别人

这是你已然透支的存根

写着你的名，写着你的虚情假意和认认真真

这是无人能懂的幸福人生，夹杂着间歇发作的心灰意冷

总给我温存，总给你希望和诺言的——

康桥在等

那些星辉斑斓，那些星辉斑斓里放歌

那些放歌，那些纵情放歌里苟延残喘

那些苟延残喘，那些苟延残喘里苦苦挣扎

先打自己三十耳光，这是人成长的悲愤

康桥下的柔波里，我心头荡起的水痕

你在等，你依然在等

我不知何时才能和你相会在康桥的青青草色中

我做着梦，连手中的笔都布满伤痕

为爱写下的诗篇一份份，也抵不过河岸边金柳里的一次深吻

我忽然关了门，连康桥一并关在门外

因为等你来时，那水波里的倩影也让我心疼

我好想在夜晚时放歌，可我不能

静悄悄，悄悄是离别的笙箫

夏虫曾为我吟唱，如今却在枝叶间彷徨

生命的叶片一片片枯萎，可生命也因此而精彩

就像你在

我就无限精彩

那里那里遥远的边城，这里这里五彩的绮梦
他们笑我等，可我只心疼——
心疼你的心疼
三千公里，康桥无人
可我愿意等
人走茶凉也无妨，自顾自满上

我轻轻地来，为康桥流浪
那冬雪纷飞的远方，是我在康桥种下的波浪

流光、流光，五光十色的太阳
太阳、太阳，漆黑一片的时光
爱我和康桥的，只有你和月亮

我还要悄悄地走
我悄悄地走时，天边还有太阳
那时的云朵十分漂亮
我要摘下最美的云朵，送给你，送给你

我喝完面前这碗茶，我挥一挥衣袖
康桥再见，再见！
我要带着云朵，去见我在柔波里画出的模样——
她曾是我最心爱的姑娘

雨巷

江南多雨亦多恨。

从雨巷穿过的时候，你没有再遇到那位姑娘。当时雨还不大，只调皮地在青檐上敲打着。似乎有雨的呢喃，又似乎只是擦肩而过后那难舍难忘的余韵。总之那条漫长的巷弄，在你湿漉漉的心里越走越长，直至百转千回。

像梦一样悠长，也如梦一般晦涩难明。你不知道自己究竟在寻找什么，可你分明已经身在这潮湿而又温柔的雨巷。你爱炽热的红，也爱高傲的白，可它们终究都是些过客。在你黯淡无光的岁月里，给你一记当头棒喝后，便霸气十足地转身离开了。究竟是谁先离开谁，好像也不太重要，你不再去回忆，你的心底只悄无声息地泛起一抹紫来。

它高贵，它神秘，可它又用尽全力；像雨，像雾，又像陌上挥别的风。沉默而温柔，坚硬而圆润，像极了那嘈嘈切切滚落一地的大珠小珠。又悄无声息地化作泪滴，藏进你后知后觉的梦里。

　　你伸出手去，却只抓住一抹紫色的余韵，在你满身伤痕再无勇气可用的惨淡岁月里，紫色也早已一道耗尽了它的心力。这似乎是一种宿命，充斥着让人无可奈何的颓废气息，故事的开头总是充实而饱满，但结局却只留下一抹冰冷无望的唇色。

　　无法言说，无可奈何。

　　于是你想回到过去，又期待遇见未来。你怀着忐忑不安的心情再次来到雨巷，那时雨只是淅淅沥沥下着，那雨巷里也分明有了一些雾气。你默默地站在那里，直到站成了那巷弄里的风景，直到融化进那丝丝线线的天地。你便无端想起那把油纸伞来，以及盛开在伞下的那朵紫色丁香花。可雨丝毫没有要停的意思，反而在你身边奏起如泣如诉的细碎呜咽声来。

　　你开始迷茫。这迷茫的情绪慢慢扩散开来，连风都带上了酸涩的味道。你缩在这潮湿的角落里，像一只红了眼的丧家犬。可你的对手太过强大，纵使你拉下脸来，也无从下嘴。雨顺着有些凌乱的头发溜进你的脖子里，带来彻骨的凉意。你的头脑开始清醒，可也开始怨恨。

　　你恨这离别，更恨这无端撕裂的相遇；你恨这紫色把你染了色，可自己却悄然褪了色；你恨这雨巷百转千回越走越长，可尽头却再也没有那位姑娘；你恨你这颗时常潮湿而敏感的心，却在这连绵的雨季里被挤压得越发干瘪；你恨那红那白洒洒脱脱、霸气十足，也恨那紫从未对你恨过；你恨这雨季如离人幽怨的眼，也恨这江南春百世断肠；你恨这锦瑟年华无与度，又恨这不断怨恨着的自己。

　　这雨巷太长，这春雨太凉。你的脚步踉跄，走不出紫丁香的目光。

　　你自然可以去恨，可你也无须再恨——大概这江南悠悠的诗句里，总还有那位姑娘。

笑的种子

从黑暗中醒来，四周静谧无声，它轻轻地伸了个懒腰。

像一场梦，阳光还没有照进来，但它分明已经感受到了那蓬勃的引力。

啊，我要去。它这般想着，可惜却挪不动脚。又何止挪不动脚，它的双足牢牢地扎根在泥土里，是一步也迈不出的。又何止迈不出步，此前它甚至连这样的念头都没有。

但今天不太一样，它已经准备很久了。

这块新生的土地空灵而纯净，没有期盼也没有污染。可其他的地方却大多污浊不堪，布满了欠缺的沟壑，长满了欲望的藤蔓，像忧郁的天空一般。可随着这颗种子的发芽，那些凡尘俗世之地也暗中滋长了这样一粒种子，无声无息潜移默化。

他们逗他，像听到了某种神秘的召唤——他那并无觉知的小脑袋里，那澄澈透明的心田里，那一颗笑的种子得到了春雨的浇灌，于是暗戳戳发了芽。他的嘴角瞿然带了笑，尽管他还不知道笑的存在和意味，总之是发乎天性，自然而然。他的笑并无声音，只是咧开嘴，并无母鸡般的"咯咯"，或者少女般的"嘻嘻"，抑或者黠士般的"嘿嘿"，又或者莽汉般的"哈哈"。四不像也无妨，这颗种子从黑暗中探出头来见了太阳，或者说让太阳见识到它的模样，这念想并无包袱，彻彻底底，坦坦荡荡。

见此情景，他们很兴奋，于是也不再互相埋怨、互相赌气了，只一心想让这新生的嫩芽开成一朵花。面前放着的东西很有讲究，书代表做专家、学者，笔代表当作家、画家，印章意味着有权有势，计算器也和经商画了等号，人民币更是无需解释直截了当地放在正中间……

凡此种种，满满的都是他们的爱和算计，连常放的稻草、芹菜、筷子和相片都没有出现——干农活是不可能的，勤劳也未必是件好事，君子更当远离庖厨，拍照片的营生好像也没什么大出息。他们满脑子的期许，却都挂着鸡零狗碎的偏见和控制。

他却不懂这些，只知道笑，四周的物件让他感觉很新奇。心里的种子如今发了芽，那嫩芽又开了花。这纯净的花儿，将一生伴随着他长大，随着他雾山神州，云海天涯，随着他阴晴圆缺秋实春华，随着他稀稀疏疏又密密麻麻。当他思念时，开在颤着的树叶里；当他回忆时，开在道旁的浅草里；当他迷惘时，开在尖塔的十字架上；当他伤感时，开在天空的白云里。

他们都从遐想中回过神来，却见他突然伸了手——那最激动人心的时刻终于来临了。他们当然希望他能够升官发财，私心里又只要他健康平安就好；他们希望那花儿栉风沐雨却常灈常新，不要如现实般凄风冷雨、绿暗红稀；他们还希望他能够永葆希望，即使身处逆境也不陷入绝望。

可他不这么想，也管不了他们那丰富的内心戏码，他只管笑，只管伸手去捞，只管发乎天性地去拿他想要的东西。

在他们充满期待的眼神里，他无视那些承载着良苦用心的种种物件，毫无征兆地抓住床上的滑稽抱枕，努力地往自己身前拉去。

看来他是铁了心要一辈子做个笑的天使了，想把欢声笑语洒满整个人间，就算去流浪，也要做一个快乐的播种者。纵使那些过客无人知晓他的姓名，却会永远记得那偶然播下的笑的种子。

花儿或许会凋零，但种子永远不死。

他们面面相觑、哑然无语，却终于强作欢笑起来。

季候

候鸟盼归期，如同我等你的信。

一

我在某个春雨淅沥的三月早晨遇到你，那时风很温柔，虽然裹着湿意，但扑面而来也带着杨柳的气息。

你站在凉亭里，看着涟漪激荡的水面。而我站在远处小心翼翼地看着你，那涟漪亦如我的心。你沉默着，美成了一朵凌波而立的水仙花，带着水的润、春的韵、诗的蕴，袅袅婷婷，如烟如雾，纠缠着、挑逗着、拨弄着我的心绪。像鸟儿在枝头寻觅春的气息，我在这湿润的季节里，等风也等你。

我不敢看你的背影，便转头去看那天上的云，因为云懂我的心。它调皮地变换着自己的形状，有时候是一只等待爱抚的洁白小狗，有时候是一片厚厚堆叠的灰暗积雨云。你的一颦一笑，无不让我心旌摇曳。

我忍不住去想，如何让你注意我？如何让你认识我？如何让你记得我？

　　你如此完美，让我感觉自己低到了尘埃里。

　　我遣词造句，拿捏表情，收敛呼吸，控制步伐，小心翼翼走过去，仍生怕显得唐突。

　　如牵一根绵长的线，它缠着绕着束缚着，怕它滑脱又怕它断掉。

　　你转过身来，脸上带着些许茫然和浅浅笑意，如一只好奇的小鹿看着我。

　　虽然已在脑海里模拟了很久，但此刻我的脑中还是一片空白，口干舌燥说不出话来。

　　你一眼就看穿了我的窘迫和小小心思，大大方方地伸出手来：

　　"初次见面，请多关照。"

二

　　我们的感情迅速升温，如同那赤日炎炎的七月。

　　仍是初见时的凉亭，你穿着小碎花裙子，马尾辫随意地梳在脑后，窈窕的身段如同湖中那不蔓不枝、纯洁不染的荷花。

　　我们有说不完的话，也有用不完的爱。

　　每一个眼神都是心知肚明，每一次呼吸都是情不自禁，掌心里握着的也是深爱着你的 36.5 摄氏度。

　　时间在指尖偷偷溜走，比这盛夏更火热的是你的呼吸、你的话语。我忘了太阳何时落山，也忽略了群星何时在天空闪耀。

　　月影婆娑，清辉洒在大地上，月色如同水波流淌。

月光给你披上了一件美丽而迷人的婚纱，我望着你的脸庞，如同在欣赏一件稀世珍宝。

你伸出手来，我去牵你的手，仿佛在牵着自己的新娘。

我忍不住想，如何让你嫁给我？

我甚至有些贪心地想，咱们的孩子该起个什么样的名字呢？

你明亮的眼眸映射出我火热的脸，我急促的呼吸拂过你柔美的发际线。

像两个漂泊的灵魂一样紧紧相拥，融入对方的怀抱又成为彼此的港湾。

愿人间年年似此年，又渴望夜夜如此夜。

我们说好要一起观书赏画，一起戏水弄影，一起焚香赏叶，一起踏雪寻梅。

仍记得你的眉梢你的眼，以及你那句轻轻的：

"记住你的誓言。"

三

秋意总是从一片落叶开始蔓延。

凉亭外已是一池残荷败叶，寒霜也气急败坏地瘫坐在池塘周围的枯草上。

一地冷白，衬托着你消瘦的身形和清冽的气质，我的眼前仿佛绽开了一朵清瘦孤寒、拥风入梦的菊花。

仍是这亭内小小的一方天地，但我知道，此刻再想走近你，非要跨过万水千山。

初见时你离我很远，后来两颗心越靠越近，而今山水迢迢，又要相忘于江湖了。

我忽然间有了一种恍如隔世的感觉。

愤怒、失望、伤心，有千言万语堵在胸口。静默良久，相对无言，只余苦笑。

你终究还是伸出手来，这场景瞬间溃烂成让人难以释怀的暗疮。

你的声音有些沙哑和疲惫：

"那么，再见了。"

"嗯，好。"

四

冬夜的梦很冷很长，但关于你的讯息却越来越少。

十二月有时干涩苦寒，有时又潮湿阴冷，像极了那些光怪陆离的梦。

梦里的场景越来越少，只有我们故事开始的那个凉亭倔强地存在着。而亭内你的身影逐渐模糊，最终只有亭外的那些欺霜傲雪的梅花历历在目。

我很疑惑，随即又释然了，因为我们曾说好要一起踏雪寻梅。

于是你把我托付给那一卷东风，让它在梦里陪我践行曾经的誓言。

这是梅，也是你；这是梅，也不是你。

从此以后，你就隐身梅花丛中，渐次消隐直至无形。

你再无只言片语，我却心知肚明，你说：

"忘了我吧。"

在一个寒冷的冬夜，我从梦中醒来，起床翻出早已泛黄的信纸。

我把我的恨、我的怨、我的痴、我的念都诉诸笔端，倾泻而出。

写完时我的双腿已经冻麻木了，小心翼翼装进信封粘好，像把一个魔鬼给彻底封印起来了。

这封信被我投进邮筒的时候，我长出了一口气——没有收信人和寄信人的信息，它将永远地躺在某个落满灰尘的角落，成为一段尘封的记忆。

这是我用实际行动给出的回答：

"也好。"

五

从一个不甚熟悉的朋友口中偶然得知你的消息——你生重病走了。

我的嘴角抽动了一下，记忆如同蛰伏的远古猛兽突然惊醒，我的表情跟不上思绪的步伐，显得僵硬而失真。

上天安排的这烂俗剧情让我转瞬间就泪如雨下，我好不容易收拾好的心情和自尊顷刻间坍塌成无数的碎片，铺天盖地汹涌而来。

悲伤的情绪刹那间淹没了我，残破的记忆被疯狂撕扯，最终定格成让我一直耿耿于怀的那五个字：

"那么，再见了。"

阳光有些晃眼，凌乱的光星子扑面而来。我站在大街上号啕大哭，朋友不知所措地看着我。

他不知道我哭泣的原因，我也无法和任何人诉说——

因为我寄出的那封信，永远不会有回应了，就像候鸟再也等不来归期。

错误

　　我打江南走过的时候，青草刚刚萌芽，鹅黄撩人心弦，嫩绿动人心魄。慵懒无力的阳光给河岸边的杨柳镀上了一层迷离的金色。我突然心动了，想要往树上系一匹老马。这匹老马也曾桀骜不驯，梦想日行千里。可如今钉了马掌装了马鞍，便只能在众人的指指点点里亦步亦趋了。

　　你打江南走过的时候，寒气依旧丝丝袅袅，草色招摇而脆弱，点缀着不知名的白色小花，星星点点畏畏缩缩。杨柳在阳光下披着满头金发，对正在河边饮水的那匹老马选择视而不见。那匹老马则四平八稳地站着，小口小口地喝着。马并不急，因为你不急；你也并不急，因为这春日尚且不急。有那么一刻，你抬起头回首来时路——雪已化了，马蹄印却历历在目。

　　我牵着马走进城里的时候，马蹄声沉闷而突兀。这是一座寂寞的城，满城飞絮四散飘荡。这是无根的雪，雪从天上落下来，它却想飞上天空。我回头看跟在身后的那匹老马，它疲沓地踏着小碎步，在青石铺成的古老街道上不断奏出哒哒的音乐来，竟让人有了一丝丝别样的念想。大概这马背上驮着的，是遥远的歌唱。

你牵着马走进城里的时候，马蹄声悦耳而动听。这本是一座安静的城，城里也有人，城外也有人。但城外的人想进来，进来的人却又时刻盼着出去。幸好有马蹄声，把春风也一道带进了城，吹起满城飞絮轻忽如梦。无人时你也寂寞，可有人时却更孤独。无所谓等与不等，青石上的苔藓在时光里缓缓爬行，也一样能覆满温存。夕阳将你的那匹老马慷慨地变成了金马，而马背上的旧褡里似乎藏着春的气息。

我打门前走过时，院内桃花已有三两枝含苞欲开。它们羞羞答答探头探脑，却又在春风里开怀大笑，惊得老马忍不住打了个响鼻。我一直在想，院内和桃花相映红的那位姑娘在哪里，此刻又在等着谁？那庭院深深深几许的静谧里，她坐在秋千上晃着修长的双腿，看蝴蝶在面前翩翩飞舞时，是否也会想起某个春日里曾摘花给她戴的那个人？就在这带着温度的胡思乱想里，老马已走出很远。我又往那虚掩的门扉里瞅了一眼，便朝着老马追了过去。

毕竟，我没有能够停下的理由。

你牵着老马走近的时候，听到那哒哒的马蹄声，院内的姑娘一时间竟有些失了魂。这马蹄声响起前，春是别人的春，可冷却是她自己的冷；但马蹄声响起后，连风里都似乎带着香气、带着暖意、带着丝丝烦恼和怨恨。

她想见，她不想见；她能见，她不能见；她敢见，她不敢见。

马蹄声越来越近，她顿时慌了神，三步并作两步躲进了自己的闺房。梳妆镜细看时原来竟已蒙了尘，她手忙脚乱地翻出工具开始梳妆打扮。她的手在颤抖、心在颤抖、梦也在颤抖。忽听到马蹄声似乎在院门前停了下来，她顿时竖起耳朵绷紧神经屏息凝神听，脸上也随之飞起一抹红晕来，比她那细心涂抹的口红还要鲜艳动人。可你看不到这一切，你向来只相信眼见为实，看不见的在意便无须在意。毕竟这城里，多的是破碎难圆的念想。

更何况，你本来就不欠谁的。

就在你追着那匹老马远去的时候，她手中的眉笔无声地坠落到了梳妆台上。

有个姑娘，忽然经历了这尘世间最短暂的春天。

而你，还念念不忘着远方。

独白

他已不再年少了。

故国山川月色和他一样苍老苍凉。也不知时间用了何种戏法，总之就这么滴溜溜地越过许多绮梦痴想和笑语愁肠，静悄悄地化进岁月长河的涟漪。

你看得到开头，却猜不着结局；你想得到结局，却摸不着形迹。

令人发狂！

月色如霜，穿窗棂过牖户，弥延千里却又在眼前收于一束。他醒了，从浅浅的睡意里醒来，像冥冥之中受到了什么召唤。披上外衣，他光着脚走到窗前，看着脚下、地上的月光，恍惚间如同穿越了千年。斯年何年，湖畔，江畔，海畔，多少才情风流都随风吹雨打去；今夕何夕，故友和故国，几度斗转星移只剩月色冷芜如常。

他记起年少时江南的月色，哀婉柔腻。在母亲歌唱的童谣里，在潺潺的流水里，在三月的莺飞草长里，他无忧无虑地采撷一缕月光，藏到"不可告人"的幻梦里——采莲南塘秋，莲花过人头。他又忆起古典诗词中的月色，有才高八斗、剑啸九州的李太白"举头望明月，低头思故乡"，有忧国忧民、大庇天下寒士的杜子美"今夜鄜州月，闺中只独看"，有至情至性、不识时务的晏叔原"当时明月在，曾照彩云归"。

俱往矣。

眨眼间已三十载匆匆而过，故国已非他年少时的模样。遥想深圳河那边，早已从破落荒凉之地变成了遍地高楼的繁华景象。秀丽山河依旧妩媚端庄，沙湾河出牛尾岭、莲塘河出梧桐山，河水清清复急急，汇成流经深圳和香港的深圳河，迤逦入深圳湾、出伶仃洋。一河两世界，他这个浪子，在深圳河上分别牵着情人和母亲的手，一边是精彩的花花世界，一边是敦厚的故土故园。

风鬟雨鬓步履匆匆，他想了又想、望了又望，却不知谁还记得三十年前那少年？在母亲的眼中，像他这样常年漂泊在外的浪子，又是怎生模样？是爱是恨，是喜是悲，是望眼欲穿，是大失所望，还是……

没有答案，只有今夜月光越过历史的烟尘，将九州涂成如霜的一色。

他终究是有些累了，非是身体的疲累，却是灵魂漂泊已久，如无根之尘无依无靠。即使能回到母亲的怀抱，也早已失去了年少的青丝三千，只有一镜发如新雪。遥望远处青山无垠，翠靛黛黝，斑斑驳驳，却亘古未变。

他这样想着，不觉间已是月半阑珊。远处的铁轨安静地卧在阴影里，如一条蛰伏的长蛇。边界处的河水里映照着几颗星星，高高低低地标识着光与影的藩篱，可总也弄不分明，反倒搅得河、天、人混沌一片。只有等到星星都沉入海中，天上和地下只剩下最后一盏灯，他满心的忧与愤、愁与冷才能喷涌而出，令鬼神辟易天地动容。

月色终于消散，他守护着的最后一盏灯也燃烧殆尽。四周逐渐黯淡下来，终于陷入一片黑暗。听不见滴滴答答的钟声，听不见滴滴答答的雨声，不知是这个世界遗弃了他，还是他抛弃了整个世界，总之只剩下这么个彻夜难眠的人儿。

他的白发在黑夜中有些突兀，他的骨头在黑暗中也有些碍眼。他顶着一颗雪白的头颅，昂首走进那无边的暗夜。四周黯然无光，无星，无月，无天，没有人指引方向，可也并不是无头的苍蝇乱撞。他无法看破这黑暗的本源，却坚信晨曦总会刺破天际。

客路书山外，归途诗海中——他心如明镜呢。

若一去不回？便一去不回！

我微笑着走向生活

他知道这不会是最后一次。

退稿的信件如同雪花般飞来，这些还都是善意的拒绝。更多则是无声的沉默，没有回应反而更加伤人。比拒绝更残忍的是冷淡，比冷淡更揪心的是漠然。

没有人见过生命的底色，也许是五彩斑斓，也许是漆黑一片。已过而立之年的他，放下文化人特有的清高和矜持，把作品像撒网一样撒向全国地市级以上的刊物。然而这场毛遂自荐没有迎来期待中的回馈，几乎全军覆没的投稿更像是一场结局早已注定的可笑的苦难行军。

面对宿命般的结果，除了像往常一样自嘲一番，他更加迷惘了。

他自觉一事无成，始终拼搏努力却兜兜转转，平白辜负了大好时光。焦灼中找不到方向和出口，满心愤懑却无处用力。就像误入一条长长的隧道，明明知道出口就在前方、在尽头，却始终抵达不了。

生活以痛吻我，我当报之以歌。可是该如何报之以歌呢？

他陷入苦闷和怀疑之中，脸上也没有了往日的笑容，他越来越觉得生活对自己极为不公：明明挥洒了如此多的汗水，却没有任何收获；明明付出了如此多的努力，却没有任何进展。

他拒绝再读书写作，可心中愤懑却没有减少分毫。除了虚度光阴，亦未见有更多收获，心中的负罪感倒一日更甚一日。这种痛苦与日俱增，搅得他心神不宁。

他决定出去散散心，离开熟悉的地方去那一无所有的远方寻找答案。暂别俗世的烦恼，做一次远方忠诚的孩子。

一路跋山涉水，颠沛流离，他看见溪谷弯绕曲折，也看见河道平坦开阔，可水流无论流经何处，或清或浊、或急或缓，总是欢呼雀跃地奔涌向前；他看见土丘低矮丑陋，也看见高山巍峨雄伟，可春天所到之处二者同样生机勃勃、绿意盎然；他看见燕子盘旋低空，也看见雄鹰展翅苍穹，可它们同样自由欢快，与春风为伴，以秋月为朋；他看见苦竹从石缝中艰难地探出头来，也看见马尾松在开阔处肆意生长，可它们享受着相同的雨露云霞、日月星光，同样奋发向上，尽情歌唱。

万物各不同，人生亦皆然。

没有永远顺遂的前路，也没有只赢不输的方向。那条通往未来的长长隧道，是由当下的自己用汗水一滴滴铸成的。之所看不到出口，是因为出口本就在自己手中。

他终于意识到该如何对生活的痛吻报之以歌了。无论生活安排的角色是小溪还是大河，都无须迷惘、更无须彷徨。只要跟着那"又绿江南岸"的春风，努力向阳，浩浩荡荡，总有一天能够东流到海，恣意汪洋！

他从远方归来，久违的笑容再次回到了脸上。

生活里不能没有笑声，因为没有笑声的世界该是多么寂寞；奔跑时不能没有方向，因为没有方向的努力该是多么荒唐；人生中不能没有梦想，因为没有梦想的旅途该是多么惆怅。

他回归到以前的状态，挑灯夜读，勤学苦练。退稿虽仍在继续发生，但什么也改变不了他对生活的热爱。一路跌跌撞撞，他朝着那未知的隧道出口持续努力地奔跑着，终于有作品被印成铅字见诸报端了。

他知道这不会是最后一次——

毕竟生活滚烫，未来可期。

回答

那遥远黑暗的边缘，有火焰在熊熊燃烧。

沉默的利刃在风中肆无忌惮地进攻，生者秉持善良的美德死于非命，死者抱着遗憾的钟声被逐渐遗忘。

这是一面倒的屠杀，人类的良知被重重诱惑侵蚀。在无尽的时间之海里，没有奇迹的巨浪，生命之帆想要扬帆远航——要么腐烂，要么悲伤。

在这亘古未变的海岸边，埋葬着无数令人景仰的名字。这里没有鲜花，只有幽暗的杂草枝枝蔓蔓，生于流言，死于真相；这里没有阳光，只有冰冷的月色凄凄切切，起于欲望，终于善良；这里没有历史，只有名为"历史"的历史遮遮掩掩，荣于野心，枯于时光。

这里有千万具骸骨，却只有一片静谧的坟场。英雄原本就不该拥有姓名，更谈何凝视深渊的哀伤。卑鄙的矛是他们那些人的武装，这世间的路忽而变成游戏一场；而高尚的人们，只能沦为待宰的羔羊。

沉默吧，沉默吧，无论是何方向。

或者是，或者是，出卖你的信仰！

海岸边唯一的墓碑，上面没有刻下名字，但大理石的碑面上满是棱角分明的善良。

石碑无所谓善恶，如同武器并没有好坏，可卑鄙者们只敢远远绕道而行，无人有勇气直视那并不刺眼的骄阳——不知是谁在墓碑上留下的一滴眼泪。

那一滴泪，穿越千年的时光，不仅没有干涸，还能悄然润湿今日的荒凉、荒唐和慌张。

抬头看向天空，那是倒置的镀金的修罗场。那里劲风正烈，酒意正浓；那里风烈马嘶人不安，酒酣胸胆难开张；那里猩红的嘴唇唱着无声的黑暗童谣，血色的獠牙撕裂着文明的遮羞布。

那冷酷的冰凌，仍旧毫不留情地铺满整个人类的冰川纪，或已逃过一劫的冰川纪——比冰川冰凌更冷的，是人类漆黑的心脏；站在遥远的好望角，看见无数的憧憬和野心在死海里劈波斩浪，梦里泛着香气和金光的好望角——比天涯海角更远的，是人类膨胀的欲望。

当时代腿已瘸了眼已瞎了耳已聋了，该如何去拯救，凭年少冲动自以为是的救世良方？

于是绝望的英雄来到这世上，他没有带来姓名和故事，只带着纸、绳索和身影。

作为一位无名者，他并不坚强，他也会哭泣。可这眼泪绝不是悔恨和恐惧，而是愤怒和怜悯。

审判的钟声响起前，无名者终于爬上了群星闪耀下的山峰之巅。

他看着脚下浩瀚的时间之海，大声地宣读那些被判决了的声音：

告诉你吧，世界，我——不——相——信！

何止是不相信，还不服气，也不认输。

峰顶上的身影如此孤独，像极了宇宙大爆炸前的那个奇点。就算有一万名追随者，也与其无关。

那宣判的纸上泪痕斑驳，流淌着郁孤台下清江水，映照着千里嘉陵江水色，汹涌着黄河怒浪连天来。手中捏紧的绳索粗糙而结实，或用来绑自己，哽咽在幽蓝的当下；或用来捆别人，咆哮在橙红的未来。

他遥望海岸边的那块墓碑，那里刻着无数人的叹息和故事，也即将刻上他自己。

眯着眼睛，看着海水渐渐涨潮，翻腾的泡沫带来咸湿的气息，无名者的身影渐渐变得模糊。

他没有留下传说，无名者也不需要传说。但撕裂天幕的惊雷，替他向着整个天地怒吼：

我不相信天是蓝的，哪怕我亲眼所见；

我不相信雷的回声，也包括我的回声；

我不相信梦是假的，无论多少人证明；

我不相信死无报应，即使我无法见证。

面对这个渺小人类的挑衅，无名者脚下的大海冷笑着掀起滔天巨浪，如同对人类文明和良知的无情嘲弄。雷的声音在此时也显得卑微弱小，终于力竭而亡。

此时天地间万籁俱寂，只有那块倔强的墓碑梗着脖子不肯屈服。

无名者从峰顶跳下，挡在墓碑前面，迎着滔天巨浪睁大了眼睛。

他时刻准备着，从来到海边的那一刻起，如果无知和愚昧的海洋注定要决堤，那就让所有的苦难都注入他的心底。

而潮水退去后，站在缓缓上升的陆地上，人类才可以重新选择生存的峰顶和底气。

天空中仍旧密布的乌云，在无名者最后的怒视中悄悄遁退了身形。

于是在没有遮拦的视野里，五千年的象形文字，在星光中拼出了未来人们无尽的期待。

毕竟——

那遥远黑暗的边缘，有火焰在熊熊燃烧。

生命幻想曲

身在牢山，无言以对。

牢山和云塔山一北一南，遥相呼应，高俊、苦寒又贫瘠荒凉。云塔山的冷，是一种清逸绝伦的冷，牢山则不然。它的冷意，殊无玉臂清辉的缠绵，也无诗书漫卷的浪漫，更遑论昆仑肝胆的豪迈，映入眼帘闯进脑海的，只有干干瘪瘪、猥猥琐琐的冷意，让人怅然也不可，颓然亦不能。这份冷，不易察觉，却沁骨入髓，避无可避。

云塔山上修士蜂聚，游人如织，前者图个清静，后者盼个热闹，居然互不相扰。但牢山却不好客，它霜眉雪眼，不迎不拒，冷笑冷看，你来便来吧，走便走吧。说它凉薄，也不尽然，它容不下的只是那些世俗烟火、凡尘机心，若是来者昂昂然洒脱、怡怡然自乐，那这荒凉不毛之地，便是行也行得、坐也坐得，留也留得、走也走得。

她非隐士，自然不愿意过餐风饮露的生活，牢山原本也并无此意，只是在云塔山的对比下被人曲解了好意。它无须解释，懂的人自然会懂，此间事往往多说无益。她也无须多言，因这来时的路上，那皑皑雪坡里，每个人都会留下或轻或重的脚印，深浅不一，悲欢各异。牢山无法和云塔山心灵相通，云塔山自然也无法和牢山感同身受。

不必强求。

她带着困意、带着倦意蜷缩在这牢山一隅、天地一角，耳畔有天风激荡，万窍呼号。伸手去抓，也抓不住，天籁徐徐缓缓又转瞬急急，被丝竹阻塞的双耳却蓦然一空，倒似乎旋绕着夏蝉的长鸣。她感到灵魂出窍了，像一柄利剑锋芒毕露。她下意识地悄然四顾，幸好旷野无人，于是心安理得再无牵系。剩下那些不可告人的幻影和梦，都被小心翼翼地放在狭长的贝壳里，又堆在柳枝编成的船篷中，沿时光之河溯流而上。她拉紧思绪的桅绳，在牢山的怀抱里，任风吹起晨雾的帆——开航了。当思绪超脱牢山的禁锢，在蓝天中荡漾时，这梦忽而有些调皮了。此行没有目的地，也无需目的地，发挥天性、任乎自然便可。她浴乎日，风乎山，听凭自己的皮肤被阳光的瀑布洗黑。

在幻梦搁浅之地，她便抓了太阳做纤夫，一步步用强光的绳索拉着前进，从早晨到黄昏。天风招摇，推着船肆意西东，直到走完了十二小时的路途，太阳消失在苍茫的暮色里。于是夜来到了，它接过太阳交到手里的这一棒，步态优雅从容，将船迤迤然引进银河的港湾。轰然巨响，漫天星辰汹涌而来，瞬间将她淹没。她艰难地分辨着寻找着，却再也无法从几千颗星星里找出她年少时芳心暗许的那一颗。那便歇一歇吧，她心下暗道，于是也这样做了——她抛下用新月铸成的黄金之锚，晃荡着双腿沉沉睡去了。

再次醒来时，影与梦的步履再度匆匆。天色微明，天光影影绰绰，船已出了港湾驶进大海。海洋上挤满了被阴云笼罩的冰山，它们碰撞着嬉闹着，将这条不速之船高高抛起又重重摔下。她有些畏惧了，想要逃跑，偏偏暴雨将至，轰隆隆、轰隆隆，雷鸣电闪，将她胆怯的脸照得透亮。整个海洋，整个宇宙，都是这样无边无际，而她只是一息、只是一粟、只是一念，又能逃到哪里去呢？

那便不逃吧。时间紧迫，手段不高，野心不小。拯救不了世界，只能拯救自己。

牢山冷峻，但阻挡不了她用金黄的麦秸织成摇篮，把所有灵感和心思都放在里边。时间是屠夫，也是医者；路在脚下，也在远方。给南瓜车装上纽扣做的车轮，紧抓时间的手，那便出发吧——世界那么远，足以慰平生。

沿途风景绝美，车轮滚过长满百里香和野菊的草间，泥土的咸、草汁的腥、花香的甜和微风的清混在一起，炖成了一锅色香味俱全的美妙旅程。她轻声歌唱，引来黄尾的太平鸟落在车中做窝。

可快乐是短暂的，而痛苦才是漫长的。牢山之牢，无人能出。那童话的车轮滚滚，只是快乐，只是欢欣，只是无所顾忌，却仍孤独、仍心苦、仍郁郁寡欢。放弃一切幻梦，才能看清这冰冷残酷的真相。下了那架亦真亦幻的南瓜车吧，若是徒步向前，牢山兴许能放一条生路。

于是她徒步向前，从幻梦时代抽身而出，赤着双脚行走着。太阳烘烤着地球，像烤一块面包。她走过沙漠走过森林走过每一处偏僻的角落，把足迹像图章一样印遍漆黑的大地。带着牢山的冷意拥抱了全世界，于是整个世界也就融进了她的生命里。

她感到前所未有的轻快，忍不住想要歌唱。就唱一支代表人类的歌曲吧，没有歌词，没有旋律。她只是凭着一腔孤勇，奋力向前，不计得失，却可以和千百年后的宇宙共鸣。

这次，连牢山都会一起。

九月

逝者犹可忆，亡者不可追。

这是属于我一个人的战场，没有援军、没有指望，只有余勇、只有悲伤。

雪白的墙壁白得有些瘆人，两扇上悬窗稍稍张开嘴巴，贪婪地呼吸着外面的新鲜空气。消毒水的气味弥漫在四周，仿佛有很多蓝色气泡飘浮在空中。日头走得很快，将光线透过窗户投射到室内，如同拨动表盘上的指针一般匆匆而过；可凝神细看时，时光之剑又变得很慢，却无法阻挡地狠狠刺进我的心窝。

荒芜。

灰色的战场上军容鼎盛，死神的大军面目狰狞，跃跃欲试。众神已经被他们踩在脚下，金色的神血肆意流淌蜿蜒如河，所过之处生长绽放出朵朵猩红色的野花。我的眼中热泪滚滚，如同颗颗珍珠一般滴落大地——众神为守护我流尽了每一滴血，而我只能眼睁睁看着。

　　狂野的风在草原上横冲直撞，我的目光情不自禁投向死神的身后。那里有无尽的虚空，承载着天石陨落地火喷发，那是我永远无法企及的远方。远方很糟糕，却又很美好，风从远方带来消息——无论是心碎的，还是动人的，都让人心驰神往。喧闹的风声鼓荡着我的耳膜，带来遥遥而久远的诉说。它从何处来，无人知晓，只知道它跨过山和海的藩篱，看到的世界比远方更远。

　　远方预示着不确定性，而它的魅力也正源于此。但我此刻，被死神的大军阻挡，已无力再奔赴远方。我的战斗就在眼前，可我赤身裸体，没有武器和盔甲，能依凭的只有孤勇、热血和手上的马头琴。

　　古老的马头琴早就看穿了这世间的真相，它声音哽咽泪水涟涟。可远方的风，很快就吹干了我和它的眼泪，如同之前的千万次一样。神秘的红月在天际逡巡，升了又落落了又升。

　　这场艰难的对峙分不清春夏秋冬，草原从未凄凄也从未离离。风把远方的气息带给我，于是眼前这草原就丢了魂。马头琴依然呜咽不止，沾着悲凉，染上忧伤，双眼枯萎，无泪无望。它仍记得那些恒河沙数[1]的破碎幻梦里，曾有一双温柔的手，雕刻着木头拾掇着马尾，那是一切故事的开端，也是为数不多勇气的源泉。她把幻梦赐予马头琴，马头琴则把孤独带给我，而我把远方归还草原。

　　这是一场毫无胜算的战斗，人类为之抗争了千万年。这荒芜的草原上人来人往，却没有人真正到达远方。开拓者的鲜血洒满草原，和那金色的神血混在一起，再也不分彼此——这是何等的残酷之美！我看到远方笼罩在无穷无尽的灰雾里，红月的光辉朝四下倾泻，名

―――――――――――

[1] 恒河沙数：像恒河里的沙粒一样，无法计算。形容数量很多。编者注。

为"希望"之物凝聚成一片泪痕斑驳的蓝色野花星星点点。

　　我迎着死神的大军，朝着远方竭尽全力地嘶吼、奔跑，巨大的镰刀闪烁着寒光朝我挥来。红月羞愧地藏身到厚重的云层里，却将如镜高悬的明月推到了台前。于是这片草原、那时人间，都难得地镀上了一层宛如初见的清辉——千里共婵娟。

　　病历本上残存的墨迹指向九月，而我面色苍白地刻下两个字：无限。

　　这是我一个人的战斗，也是千千万万个人的战斗——没有硝烟，也没有奇迹出现。

　　只有马头琴依旧哽咽，演奏了虚无缥缈的传说几千年：

　　那英雄打马只身过草原，流尽了全身的血。

面朝大海，春暖花开

我流浪在红尘。

我的心漂泊不定，一直在等。我给风儿唱过歌，陪星星眨过眼，也曾为太阳流过泪。

有时候我很困窘，经常饿得吃不上饭。但也没有关系，我还好好活着，我还能做梦。

即使梦里道阻且长，但伊人如旧，岁月情长。

况且这尘世的幸福极多，尽管我拥有的太少，但这并不妨碍我对生活有着深深的眷恋。

我没有马，可我仍想周游世界。当我在红尘里滚滚向前的时候，始终能听到来自远方的呼唤。

来吧，来吧。它说。

人生本无根蒂，我们都是命运手里的一把浮尘，随波逐流。

有些人心安理得地睡去，有些人却像我一样想去远方。

可我终究去不了，因为怕忘了回家的路，就像落叶离开树，便再无归期。

所以我梦想有一所房子，不需要有多大，只要它足够坚固和温柔。

当我精疲力尽归来时，它能为我打开窗，放进满屋的花香和蔚蓝大海。

它便是我对抗世俗的坚固堡垒，也是我备受煎熬的脆弱软肋。

建这所房子不需要一砖一瓦，我用书做它的骨架，再用心给它添砖加瓦，最后用爱帮它装饰门庭。

即使它十分丑陋，我也甘之如饴；若是它美艳动人，我也不会嫌弃它。

若它不愿做海市蜃楼，那便在房产证写上我和那个心爱的名字。

我还自己种菜，有菜吃了我就种花。我扔下锄头后，就跑回去读书。

停电时，我小心翼翼点起一根蜡烛。我的眼前是光，可我只注意到那浓重的黑暗。

平日里的琐事就像这根蜡烛，让我的梦瞎了眼。

可光从未离开过啊，就像春天花会开一样自然，为何我却选择视而不见？

我流浪在人间。

我看到人海茫茫，熙熙攘攘，到处都是焦躁的灵魂。

没有人看到春暖花开，檐间雨落，没有人注意到杨柳在舞动，燕子在歌唱。

我注意到了，可我一声不响。

就像我许久没有和身边的亲人朋友联系一样，我在自己的世界里越活越小。

我决定给他们写信，给每个人都写信。写上他们各自的名字，也写上我爱你。

我很幸福，这是幸福偷偷告诉我的，它溜进我的房子，和我肩并肩坐着，一起看窗外的大海，和大海尽头的春暖花开。

幸福让我写信转告给其他人，它不是个负心汉，如果你脚踏实地勤勉有加，它愿意一辈子紧紧相随。可它却讨厌懒惰的味道，一旦闻到就会逃之夭夭。它还和知足成了好朋友，两个人常常出双入对，形影不离。

它还告诉我，其实我这所简陋而温馨的房子里，也藏着知足的身影。

我认为它在骗我，因为我还想去游山玩水。想去给旅途上的每一座山和每一条河都取一个温暖的名字。然后这些山和河就会变得与众不同，它们都变成了我的孩子。

还有旅途上遇到的所有陌生人，不管我们相遇时你的脸上是否挂着笑容，我都会为你祝福：

愿你有一个灿烂的前程，不会像我这样时常陷入困窘中；

愿你有情人终成眷属，不会像我这样两颗心相隔三千公里；

愿你在尘世间获得恒久的幸福，哪怕只是小小的幸福。

只愿你比我更幸福。

心流篇

爱犬时光

我知道我再也见不到时光了。

它已经太过衰老，长达十年的漫长岁月，灵动和欢快已经悄无声息地从它身上遁去。在犬类中如此高龄，此刻的时光恰如一位行将就木、油尽灯枯的耄耋老者，它走路、进食都开始变得困难。即使是在闭目休息的时候，疾病和疼痛也在无休止地折磨着它。

时光很痛苦，而我和父母在带它求医问药无果后，最终在医生的劝说下决定帮它进行安乐死。时光需要解脱，我们一家人也同样需要。它每时每刻都在病痛无休止的折磨中备受煎熬，而我们始终无能为力。每当我们听到时光因痛苦而发出的衰弱无力的悲鸣时，巨大的愧疚和不安便汹涌而来，几乎将我们溺毙在寝食难安的旋涡里了。

做出这个决定异常艰难，母亲也是极力反对的。我了解她的想法，也体谅她的感受，却很难明白她的心情。也自当如此，因为时光之于我和它之于母亲是截然不同的两种身份。

　　我们都爱它，可这爱的分量却着实差了很多。时光是我的一位可靠而知趣的玩伴，在享受它带给我的快乐时，却不需要进行烦琐的友情浇灌，不需要小心翼翼地呵护那敏感脆弱的友谊之花。反正它需要的仅仅是几块肉骨头而已，不是吗？若是我不开心的话，瞅着没人的空当偷偷踢上它几脚也并无大碍，反正这小东西又不会生气，平时黏着我踢也踢不走。

　　而母亲，时光在她心中的分量绝不低于我。她有将近十年的岁月都由时光相伴，这个小东西始终形影不离地跟着她。那段灰暗的经历，时光的陪伴多少次温暖了母亲疲惫的身体和孤独的心灵。很多秘密很多情绪，母亲都倾诉给了这样一个可怜的小东西。

　　时光于她，就像浩瀚的生命之河里，摆渡了她至关重要一程的渡船。

　　而现在，她仍将顺流而下，可这船却要沉入河底了。

　　还记得和时光的初次相遇，是在我高中毕业的那个暑假。高考失利的我整日里长吁短叹，郁郁寡欢，母亲为了替我排遣忧愁，不知从哪里抱回了一只毛茸茸的小狗。当看到这只闯进我生活里的不速之客时，我的心立刻就被俘虏了。但出人意料的是，父亲居然反对留下这只可爱的小东西。他的理由倒也合情合理——母亲身体向来不好，现在还要多照顾一只小狗，所以还是不养更好。

　　虽然往常我和母亲在一些琐事上总会有莫名其妙的争执，但此时却难得地站到了同一战线。我对父亲所说的理由很不以为然，我反对他是出于彼时对时光单纯的喜欢，所以拼命想把自己喜欢的东西留在身边。至于母亲屡弱多病的身体，我却满不在乎。试想母亲平日里还要照顾我，而今我很快就要远走高飞，离开这个让我心生厌恶的家,逃进那不知坐落于何处的高等学府里去了。虽说家中将要多一只小狗,但我想它能惹出来的麻烦,一定比我要少上很多很多。

而母亲为何执意要将小狗留下,我却无从得知。

如同往常一样,我也懒得去问,我为何要去问呢?

在我和母亲接连表达抗议之后,父亲保持了一贯的沉默。我和母亲在给小狗取名的问题上,再次表现出了难得一见的默契。当时我心境惨淡,无意中看到"时付日月只嫌多,光映秋波空留影"两句,感觉与自己的心境颇为契合,便想到了"时光"这个名字。至于母亲,在犹豫了片刻后,便同意了我的提议。我并没有感到意外,因为不知何时起,母亲在我面前总是显得有些唯唯诺诺。她会同意我的想法,实在是太正常不过了。

那段让人难堪的岁月里,我自私、任性、蛮横,却又极为消沉,就像被架在熊熊烈焰上炙烤着的一锅刺骨的冰水,极端渴望温暖却又冰冷得让人望而生畏。

简而言之,我讨厌自己。也讨厌父母,讨厌这个家,甚至讨厌这座城市。身边的一切都让我感觉糟糕透了,我早就做好了离家的准备,时时刻刻都盼着能够逃走。只要录取通知书一到,我就可以肆无忌惮地躲进象牙塔中,长舒郁积在心底的那一口闷气。

父亲为了维持这个家的生计早出晚归整日奔波,疲于奔命的生活迫使他减少了在家陪伴我们的时间。但即使他在,也不过是一直在沉默寡言地忙着自己的事情。父亲于我而言,就像自己脚下的影子一般,虽日日相见,却陌生凄凉。他实在顾不上母亲,更顾不上我,这一点我和母亲都心知肚明,所以也无从怨恨。家中通常只剩下我和母亲二人,我意志消沉心灰意冷,常常几天也说不到一句话。

母亲看在眼里急在心里，她虽然努力地想要打破这令人尴尬的沉默，但我和她之间隔阂已成，多次尝试无果后她也只能无奈地放弃了。

她很受伤，但这又有何妨呢，这世上伤心的又不止她一个。

我如是想。

可时光不同，时光对母亲有一种诚挚而热烈的爱。这种爱毫无保留，近乎盲目。它在母亲的脚前脚后绕着圈儿转个不停，母亲走到哪里，它就兴奋地跟到哪里，几乎寸步不离，就像一块黏人的牛皮糖。

我发现自己开始有些讨厌这只毛茸茸的小东西了，这种负面情绪的开端深究起来实在幼稚浅薄得可笑——因为母亲不知何时起不再叫它"时光"，而是开始喊它"儿子"。一开始她还心存顾虑小心翼翼，生怕我听见了会生气。但后来被我无意中撞见了几次，她也就不再偷偷摸摸地喊了。

真是多此一举。我会介意吗？我根本就不在乎。

人为什么要活得如此小心翼翼，为什么要活在别人的想法里。

像我多好，我就做自己。

彼时我正深陷在自己灰暗而逐渐崩塌的小世界里难以自拔，我对这个世界厌倦而失望，我有大把的不快和愤懑需要排遣，岂会无聊到跟一只狗去争宠。若说争风吃醋的事，还是交给父亲去做吧。

在我自以为洒脱的状态下，有些难以言明的情绪却如同毒草一般悄无声息地探出头来，很快就长满了我荒芜的心灵。虽然我打心眼里认为自己对这种事情不会介意，可实际上我对时光的恨意却越来越浓。这些毒草肆意生长蔓延，生机勃勃地躲在我心底阴暗潮湿的角落里，在毫无觉察的情况下渐渐将我扭曲得面目狰狞。

嫉妒，怨恨。这些情绪日复一日地挟持着我，压得我几乎喘不过气来。在这个枯燥漫长的假期将要走到尽头的时候，我终于下定决心不能坐以待毙，我必须行动起来。

　　趁母亲不在家，我将时光带到了离家十几公里外的镇上。那天正好有集市，街上人头攒动，非常热闹。时光很胆小，紧紧地跟着我。看着它可怜的样子，我心下有些不忍。但我终究还是狠下心将它丢在了镇上，就像丢掉了一个沉重的包袱。我在回来的路上心情逐渐变好，甚至还有一丝说不清道不明的窃喜。

　　但我糟糕的生活并没有因此有所好转，而回忆就像一个贼，不时来我心上溜达一圈，搅得我心神不宁。

　　母亲也在时光走丢数日后变得茶饭不思，后来她又无端生了一场大病。看着她面色苍白的憔悴模样，我的心里很不是滋味。我想告诉她一切，我想向她认错，为我对它和对她造成的巨大伤害道歉，我多想坦白……

　　然而我没有。

　　母亲日渐消瘦，父亲非常担心，想要送她去医院，可母亲执意不去。有一天他们争吵起来，父亲怪母亲不爱惜自己的身体，生气地摔门而去，只留下母亲一个人暗暗垂泪。

　　我冷漠地看着这一切发生，就像个没事人一般。作为一切的罪魁祸首，我竟有一种置身事外的错觉。我感觉自己的灵魂分裂成了两个人，一个笑嘻嘻地肯定着我所做的一切，另一个则将我痛骂得体无完肤。

　　这只狗，真的就像幽灵一般，即使不在了，也依然不肯放过我。

　　我对它的恨意陡然高涨起来，变得前所未有的强烈和歇斯底里。

父亲和母亲之间的战争并没有持续多久，某天傍晚父亲居然将时光带了回来。母亲难以置信地看着眼前的一切，她先是愣了一阵，脸上露出困惑的表情，接着高兴地大笑起来，脸上也涌起了一阵红晕。她一把将时光从父亲的手里抢过来，紧紧地护在怀里。时光挣扎了一阵，终于心安理得地窝在了母亲怀里，就像我小时候一样。

再次看到时光的那一刻，我突然意识到我并非恨它，我只是在痛恨自己——恨那个懦弱自私、面目全非的自己。而内疚伪装成嫉妒和怨恨，将我撕裂得体无完肤。我内疚到难以承受，所以才会恼羞成怒到歇斯底里。

母亲看着怀里的时光，笑着笑着居然再次哽咽起来。

父亲有些不知所措，安慰她道："回来就好，回来就好。"

他的话顿时让我如鲠在喉——时光是回来了，可我何时才能回来呢？

我号啕大哭。

往后的日子家里恢复了平静，时光似乎遗忘了母亲曾教过它的一切。但母亲却不以为意，极有耐心地重新开始教它。我和时光的关系也有所缓和，它似乎也忘记了我曾抛弃过它的事情，总是想要和我亲近。我忍不住去逗它，母亲看到这一切也很高兴。

后来我大学毕业去外地工作，就很少能看到时光了，而时光则一直忠心耿耿地陪伴在母亲左右。每次我回来待上一段时间要离开的时候，时光都会一直跟在我的车后面跑。它在后面一路狂奔，母亲喊也喊不住它。汽车扬起的烟尘淹没了它小小的身影，直到看不到汽车，它才会气喘吁吁地停下来。

而时光，也在时光的奔跑里飞逝而去。

我长大了，母亲老了，时光更是疾病缠身，垂垂老矣。

这一次它病得实在太严重了，医生建议用安乐死帮它解脱。母亲刚开始极力反对，但看到时光正遭受着的巨大痛苦，她最终妥协了，但她希望能够再陪它度过这最后一段时光。

从宠物医院回来后，时光似乎也预感到了什么，它变得非常安静。

它一直乖顺地趴在母亲脚边，瘦弱的身体蜷缩成可怜的一团。母亲一度以为它睡着了，因为抚摸它时已没有任何回应。只有母亲呼唤它名字的时候，它才费力地睁开一只眼来，但很快就再次陷入沉睡。它也不再进食，母亲将它最爱的牛肉剁碎了放在面前，它也丝毫不为所动。

见此情景，母亲的泪簌簌而下，却将呜咽声哽在喉中不想让时光听见。时光感受到了母亲的悲伤，它努力地动了动耳朵，用尽全身力气发出一声哀鸣，接着又陷入了昏睡中。

这声哀鸣，彻底坚定了母亲的决心。她知道时间到了，时光该走了。

有尊严地离去，比苟且地活要好。

这是时光的心意，还是母亲的心意，我不得而知。

在送时光去医院的路上，母亲突然要下车。我把车靠边停下，却见母亲将时光紧紧地抱进怀里，如同初见时那般。她将脸埋进时光的背毛里，滚烫的泪水打湿了时光的背。

可时光此时已没有任何回应。

母亲终于一狠心将它塞到父亲手里，接着转身打开车门钻了出去。

"我做不到。"车外传来她带着哭腔的声音，"你们去吧。"

我和父亲在车里沉默地看着她一个人踽踽而行，直到她走出视线，我们才重新往医院驶去。

抱着时光走进医院的时候，我知道我再也见不到它了。

从初见时，匆匆十年，弹指而过。

我想时光于我们只是十年的羁绊，也终将成为一段模糊的记忆；而我们，却是它短暂生命里的全部。

你陪它一程，它还你一生。

我突然意识到母亲于我不就是另一种意义上的时光吗，我寄生在她的身上，曾那么肆无忌惮地伤害过她。可她永远会原谅我、相信我，亦如时光曾带给母亲的那种真挚热烈的爱。

生命并没有什么不同……

时光会老去，母亲会老去，我也会。

当我们终于意识到自己会死，我们感觉到的一切都会随着死亡消失。我们才开始为每一个生灵、每一个瞬间灼热地心碎，它们是如此脆弱、如此宝贵！

也唯此，我们才能珍惜所有，才能在心碎后依然勇敢去爱，也大方去恨。

就在这爱恨之间，时光其实早已飞逝而去，而后来陪伴我们的则是另一段时光。

除了时光本身，所有人都对这个秘密心知肚明，但没有人刻意去捅破这层窗户纸。

毕竟，时光一去不复返。

变与不变

　　小时候每到国庆节，我就特别高兴。因为在我孩提时模糊的意识里，国庆节总要放好长时间的假，那样我又可以和小伙伴们打打闹闹地厮混上好久了。而且更让我高兴的是，国庆阅兵的时候可以在电视上看到很多飞机、大炮和坦克。

　　犹记得那时家里只有一台老式的黑白电视机，放出的图像也不是很清晰，总有一些调皮的"小雪花"出现在电视屏幕上，但这并不影响我看阅兵的热情。每当国庆阅兵开始的时候，我都会被祖父拉着，一起端坐于电视机前，陪着他老人家一道看那些缓缓驶过的现代化的尖端武器，还有威武壮观的仪仗和军阵。

　　每当这时候，祖父都会和我讲他年轻时的故事。祖父参加过抗美援朝，在战场上作战很勇敢，有一次被一颗流弹击中了，差点把命留在那血与火之地。后来祖父被战友冒着生命危险从前线背了回来，侥幸捡回一条命。但那位战友却在战斗中牺牲了，再也没有能够回来，而且因为撤退得太过匆忙，只能永远地长眠在冰冷的异国他乡。

　　每次讲到这里，祖父都忍不住老泪纵横，他总觉得自己欠了那位战友一条命。所以他一直都想去朝鲜，去中国人民志愿军烈士陵园，亲手给那位战友扫墓、上炷香，但却因为身体原因而未能如愿。后来祖父年纪大了，也就只能把这个念想深深地埋在心底了，再也没有在人前提起过。只有在面对我这个孙辈的时候，这位倔强而坚强的老人，才会提起这些壮怀激烈的陈年往事；只有在国庆这样特殊的日子，这位在战争中做出过贡献，后来依然为国家建设贡献自己力量的可敬的老人，才会忆起往昔的峥嵘岁月。而从他为数不多的叙述里，我可以深切地感受到祖父对这个国家的拳拳热爱。

　　祖父退伍后返乡工作，在自己的岗位上如同老黄牛一般兢兢业业。他那时候被选为生产队队长，恰逢灾年饥荒，大家都饿得面黄肌瘦，很多人打起了田里还没熟透的庄稼的主意。祖父以身作则，不光自己两袖清风，抓到其他人偷东西他也会在生产队大会上狠狠地批评。因此他得罪了很多人，不光外姓的社员对他恨之入骨，连本族的很多人都对他有意见，怨他没有照顾自己人。

　　祖父年老后有些郁郁寡欢，因为他觉得自己忠于职守，一心为民，从来没有捞过什么好处，却不被人理解，甚至遭人嫉恨。我没有亲历过那个时代，对大多东西都不能感同身受，想劝解祖父可也不知该从哪里下手。

　　有一年夏天，我去祖父家里玩，看到他戴着老花镜，正全神贯注地阅读报纸，还不时地用钢笔在本子上记着点什么。我心下好奇，凑过去一看，发现他面前的那个本子上，记着国家曾发生过的一些大事——比如香港回归、澳门回归等等。时间、地点、重要人物条分缕析，都记得清清楚楚。

原来祖父虽然已经一把年纪了，还心系着祖国的发展，时刻关注着国家发生的一些大事。

祖父多年来一直有阅读报纸并记录的习惯，我那时年幼，看了只觉得枯燥无味，实在不能理解祖父为何看得津津有味。祖父说等我长大就明白了，当时我不以为然，只觉得这种满篇枯燥乏味的报道就如同黄连一般难以下咽。

后来我才明白，祖父看的是藏在字里行间的情感，而我只看到那黑漆漆的墨字。后来在他的影响下，我也会时不时地把他看过的报纸拿过来翻一翻。

如今，我已经很久不看报纸了。但是我会看看相关公众号的推送，偶尔入选的评论也能让我乐上好久。我逐渐意识到，祖父在本子上记录和我在公众号里评论，又有什么本质上的区别呢？我们作为极平凡的普通人，却也是这个国家的一分子，是这个伟大时代的一粒微尘。我们能够成为这个伟大国度、磅礴时代的参与者，能够亲眼见证风云交汇的波澜壮阔，能够亲身感受世事板荡的激烈碰撞，这是命运何等巧妙的安排？随着时代的发展，我们参与的方式虽然发生了改变，可我们的良知、热情和渴望从未变化。

祖父带给我的，不光是读书看报的习惯，更重要的是他心系祖国的良好品质。他有一些话，始终都没有说出来，但我却心知肚明——

就算是火星儿，再微弱也有温度。

大鱼

在黑暗草丛里游动时，大鱼的世界显得有些单调和冰冷。

云塔山融化的冰水倾泻而下，蜿蜒流进墨迟河，最终七拐八绕地撞进白马湖中，白马湖外则是茫茫无边的大海。而大鱼，就生活在这片水域里。

大鱼一族世代在此繁衍生息，因为常年身处黑暗的环境里，它们逐渐抛弃了自己的眼睛。它们在黑暗里游动穿梭嬉戏，在令人窒息的水草丛中徘徊，灵动的身姿如同在舞蹈一般。

单调和冰冷，带来死寂，也带来安静；带来压抑，也带来秩序。

每条鱼都毫无头绪地游来游去，它们没有目的地，也不知道方向。

没有光，也就无所谓黑暗。

大鱼只在世代口口相传的神话里，听说过光的存在。传说中光是一种危险的东西，它的出现往往伴随着毁灭。

这种带着恐吓的传言不知起于何处，起初也许只是无心之言，但随着代代相传逐渐变得令它们深信不疑。于是无鱼再知晓光的模样，也无鱼再敢怀着丁点儿好奇心去窥伺探寻。

但大鱼不同，因为它是个孤儿。

原本它并不是个孤儿，但无情的命运选中了它——它出生时额头上居然长了一只眼睛。

虽然这只眼睛不能睁开，但仍旧给鱼族带来了惊吓。

年幼的大鱼，它被从母亲怀里抢走。骨肉分离的痛苦尚未消化，冷酷的审判便已到来。

"这是死亡的象征。"黑鳍的巫祝鱼扯过一把枯萎的水草，冷冷地说道。

"它将带来我族的毁灭！"白鳍的王鱼涨黑了脸，咆哮着说道。

群鱼激愤，议论纷纷，如同沸腾的火锅，等着往里添加血肉，以满足无知的饕餮之口。

幼小的大鱼可怜而无助，一出生就因为与众不同而被迫和全世界为敌。

黑脸的王鱼手执令签，猛掷于地，义正词严道："为奇者，吾得执而杀之！"

两边立时扑出两条彪悍的刽子鱼，将大鱼粗暴地拖到断头台上，眼见其就要奔赴黄泉。

就在此时，大鱼的母亲气喘吁吁地赶到了，哭喊着将大鱼护在身后："求求你们不要杀它，它只是个不幸的孩子啊！"

两条刽子鱼试图拉开她，可她护子心切，连撕带咬，不让任何人靠近自己的孩子。

"你们……你、你……还有你……"这位母亲指着刽子手和那些冷漠的看客们，"都是些可笑的胆小鬼！一个毫无根据的传说，竟把你们吓成这样。"

大鱼看着护在自己身前的母亲，如同一棵大树将自己荫庇其中。即使外面是狂风暴雨，大鱼也感到无比心安。

面对这位母亲的指责，王鱼陷入沉默，巫祝鱼面露冷笑，两条刽子鱼则不知所措。

群鱼都红了眼，舞动鱼鳍，不停地漫骂和嘶吼。种种情绪倾泻而出，或因羞愧或因恐惧，围观的鱼群躁动如同雷鸣。

刽子鱼将大鱼的母亲拉开，巫祝鱼看着即将大难临头瑟瑟发抖的大鱼，冷酷地说道："我族世代生活在黑暗中，因为出了你这样的怪物，就要大难临头了。只有用血来祭奠，才能平息灾祸。"

"大人，那就用我的血吧！"大鱼的母亲匍匐在地，带着哭腔道，"求求你，放过我那可怜的孩子吧……"

巫祝鱼不为所动，但王鱼却动了恻隐之心。

大鱼被免去一死，永远监禁。

于是在那个浓重的黑夜里，巫祝鱼率部下背叛了王鱼。王鱼的部下们拼死抵抗，战局一度陷入胶着。

黎明前，王鱼的部队彻底崩溃了，巫祝鱼顺利进入王宫。

大鱼趁着混乱逃了出去，茫茫雨夜，只有黑暗无边无际。它踽踽独行，看不到前路，寻不着方向。

天地之大，竟无一隅可容身；岁月悠长，岂有片刻之安宁？

大鱼想到自己的遭遇都是由光引起的无妄之灾，心下非常愤怒。它暗暗下定决心，一定要找到这个扫把星，当面质问其为何如此歹毒。

它一路跌跌撞撞，走过海星的领地，逃过鲨鱼的追杀，渴了喝海水、饿了吃水草。它四处打听光的消息，然而无人知晓。

大鱼渐渐陷入绝望，因为它发现这深海里的每个种族都对光讳莫如深。

年复一年，它开始变得有些疯癫。人们也仿佛看笑话一样，对这个追光者指指点点。

直到一个寒冷的冬夜，大鱼冻得瑟瑟发抖，它感到有些喘不过气来，便决定离开深海，离开这黑暗的牢笼，一路不停往上游去。

就在它不断向上游动的过程中，大鱼那干涸已久的眼眶突然变得湿润了。

因为它看到了红色的浆液在自己的头顶滚滚而下，浆液上方则是恍惚而冰冷的蓝色月光。

大鱼重新回到了母亲的怀抱，在滚烫的火光中化成了灰烬。

这一天，所有深海里的种族都睁大了眼睛，见证着奇迹的发生。

一颗巨大的火球在它们的头顶乍现即逝，那是追光者大鱼用生命燃成的，刺穿千万年无边黑暗的最后一线光。

但深海族群对这个警示无动于衷，因为它们早已忘记了大鱼的存在，更忘记了它那可笑的梦想。

半日后，滚烫的岩浆铺满整个深海，无鱼幸免。

儿子是父亲的倒影

这种感觉不知是从何时开始的，我常常为了一件不值一提的小事和他吵得不可开交，并因此冷战很久。某些时候仅仅是看到他，我便会恨得咬牙切齿。这种恨实在是有些莫名其妙。

有人说父子俩是上辈子亏欠太多，这辈子来还，所以注定要互相折磨对方。

我一度深以为然，因为我总觉得父亲在折磨我，我真的是受够他了。

他的喋喋不休和自以为是充斥着我的整个少年时期。而且他还不是一般的抠门，我极少见的一些小小的奢侈念想，会被他立刻扼杀在萌芽状态。

你想都不要想！

这是我听到的最多的一句话，我常常在那些时刻无比怨恨他，我希望他出门立刻摔个跟头才好。他还常常抱着我，胡乱地在我脸上亲着，邋遢的胡子总是扎得我的脸一阵生疼。我便拼命挣扎，以表达我的愤怒和不满。

你动什么动，我是你老子。

这是最让我深恶痛绝的一句话，往往听到这句话的时候，我的父亲已经是吹胡子瞪眼，开始发火了。我觉得他的心底一定藏着一个可怕的"魔鬼"。只要他感到愤怒，这个"魔鬼"便会露出狰狞的面目，任由情绪的野马脱缰而出，肆无忌惮地去伤害身边的亲人和朋友。

他只要求我服从他，他甚至想要控制接触到的每一个人。可我是一个活生生的人，虽然我的生命由他而来，我的体内流淌着一半他的血液，可我仍旧是一个活生生的人，一个有血有肉、有自己独立人格、有自己的意志思想的人。也许我的身体会在他的蛮横下屈服，但我的灵魂永远不会屈服。但他似乎并不懂得这些，他也不在乎，因为他早已把我当成了他的倒影。

而这，正是我讨厌他并且不断进行抗争的根本原因。

我，实在不愿成为他的倒影。因为我害怕从他身上看到以后的我，我讨厌那些失败和丑陋，所以我把他安放在一个不知所措的位置。我希望我能远离，远离那些让我厌恶和胆怯的词汇：衰老、疲惫、力不从心、喋喋不休……

但他并没有觉察到这一点，他在我面前依旧讲得唾沫横飞，我只能装聋作哑，默不作声地低头夹菜。因为我只要敢稍微顶一下嘴，便一定会惹得他暴跳如雷，我并不害怕他，我只是讨厌这种无休止的对抗。

所以我选择逃避，我总想离他远远的，他就像一个到处扎人的刺猬，总是用帮人取暖的借口，将身边的人伤害得痛苦不堪。

后来我故意跑到很远的地方去上大学，离家有数千公里。我为自己的出逃而庆幸，但他仍旧不打算放过我。每个月一次的电话是照例要打的，隔着数千公里的山山水水，我仍能感受到他的唾沫横飞。他在我面前就是一个演说家，好辩好胜且演技高超。哪怕仅仅是听到他的声音，都会让我感到浑身不舒服。

有一天我终于再也无法忍受了，他打来的电话我故意没接。他竟足足给我打了二十多个电话，但我铁了心要摆脱他的控制，始终没有接通电话。他大概以为我出了什么事，竟然把电话打到了辅导员那里。

这下便把事情闹得沸沸扬扬的，因为我本就是逃课在宿舍里睡觉，理所当然被辅导员狠狠地批评了一顿。我自然是又气又恼，我实在是没料到他竟然执着到了这种程度。

我决定向他摊牌，对于我突然主动向他打电话，他竟然有些不知所措。我在电话里狠狠地发了一通火，并扬言要和他断绝父子关系。他一时间有些蒙了，我时刻准备着，只等他回过神来冲我发火的时候我就把电话挂了，然后再也不接电话。如果他敢再打给辅导员，我就立刻离校出走，让他一辈子都找不到我。但他的反应出乎我的意料，他沉默了许久，直到我等得有些不耐烦了，他才有些慌乱地说了一句：天冷了，记得加衣服。

他有些慌乱，声音也压得很低，生怕惊醒了什么似的。

这一次较量我大获全胜，尝到了甜头之后，我一次次地用这种方法来取得战果。在最后一次的时候，父亲终于无法忍受，气得把电话都摔了。更不幸的是，他几乎中风了。

我在医院看到他的时候，他的气息有些虚弱。我一进来，他就将头扭向另一边，我知道他还在生气，我就去抓他的手。他用力甩了甩，终究没能挣脱开来，只能任由我抓着。我们之间什么话都没说。从我记事以来，我们之间的交流方式就只有一种，那就是吵架——无止境的争吵，唯一的区别就是激烈的程度不同而已。

我抓着父亲的手默默地陪伴了他一下午，他的手粗糙、秃短并且布满老茧，摸上去像在摩挲着一块砂轮。小时候觉得很温暖很光滑的大手竟在不经意间被时间侵蚀成这样了。我偷偷抬眼去瞄，借着有些黯淡的天光，父亲发际的斑白刺得我的眼底有些湿润。

这次事情之后，我和父亲的关系竟然开始趋于缓和。

让我费解的是，出院之后父亲竟变得沉默寡言起来，对我甚至有些唯唯诺诺。父亲的行为举止渐渐变得像个孩子。这样的变化让我一时间倒有些无所适从了，好像在某个悄无声息的瞬间，时光的指针已被反向拨动了。

有时候我喊他，他倒好似受到了惊吓一般，好半天才反应过来。他自然不是怕我，那他究竟在害怕什么呢？

我无法探知父亲的内心，不过这也不重要。真正让我在意的是，我欣喜地看到父亲心底的"魔鬼"，不知何时已然消失得无影无踪了。可在高兴之余，我却又非常害怕这鬼东西溜到我这里来。

有人说这是一个魔咒——你所能看到他身上最让你厌恶的特质，就是你最可能具备的部分。

我原本不信，直到有一天我猛然觉察到，我和父亲同样急躁，同样十分缺少耐心。

原来这"魔鬼"，始终未曾打算放过我们。

当我也像父亲那般开始喋喋不休的时候，我才领悟到那些让我深恶痛绝痛苦不堪的岁月里，我在他的那些喋喋不休里给他反馈的伤害有多深。

儿子是父亲生命的倒影，只有父亲先在时光的湍急水面上翘首以盼，才会投下倒影。虽然这未免有失公平，因为没有选择的余地。但我知道他心底其实比我更忐忑，因为他把他经历的时光和梦想都一股脑儿地交给了我，就像把一个易碎的玻璃鱼缸，非常小心翼翼地交到了我的手里。

他为了能够安心地把一切都托付给我，自然竭尽全力地想把我改造成他自己。但我是活生生的人，我终究不是他的倒影，所以我会心生厌恶并且激烈反抗，直到双方都伤痕累累。

但命运最不在乎公平。前半生，他是父亲，我是儿子，我是他的倒影；后半生，他是"儿子"，我是"父亲"，我仍旧是他的倒影。

可一切似乎都很自然，因为我和他都心知肚明，就像倒影和本体之间那样富有默契，我们之间的所有恩怨都只差一句话而已：

你，替我活着。

故乡的意义

　　我在无锡的时候，对故土的想念还不深切。

　　因为离家也不远，隔上十天半个月便能回去一趟，所以也无所谓他乡故乡。

　　而且私心里，我认为泰州是比不上无锡的。

　　这样的念头伴随我度过了几年，后来我因琐事去了遥远的北方。

　　北方的寒冷让我感觉整个人都萎靡不振，我没了精神，饭也吃不下觉也睡不好，有一段时间还整天拉肚子。

　　有人说我是水土不服，我不以为然。

　　我是不服，但绝不会水土不服，身为万物之灵的人类还能被客观的不值一提的环境打倒不成？

　　然而我被打倒了，我的身体越发糟糕起来。我实在熬不住去看了医生，他给我开了点调理的中药，嘱托我要多安卧少吹风。

　　我听，我全都照做。我憋着一口气，誓要抗争到底。

　　然而我拉肚子的症状越发严重了，整个人都虚脱到要飘起来一样。我的皮肤也蠢蠢欲动，开始只是微不足道的痒，但不几日竟变得瘙痒难耐。

　　我在痛苦中煎熬了数日，又去找别的医生看了看。他也说我是水土不服，但说从未遇到过这么严重的症状。我揣着他给我开的药回到家里，空荡荡的房间里我只听到自己有些不顺畅的呼吸声。这是一个寒冷萧瑟的冬夜，我吃完药静静地躺在床上，我能清晰地感觉到干燥的空气在我的鼻腔里流动，我突然感觉到异样，鼻腔里传来一阵潮湿的感觉。

　　我用手一摸，鼻子居然流血了。

　　我突然意识到，这应当就是故乡对我"背叛"的惩罚了。

　　当我身在故乡时，绝不会捕捉到空气在鼻腔里流动的感觉。故乡就像我身边的空气一样，当我身处其间时，熟悉的乡亲、熟悉的乡音、熟悉的街道和建筑——一切都是如此自然与和谐。我会熟悉到忽略这一切的存在，但它们却切切实实地存在着。

　　故乡对我曾是一个非常陌生的词，只有当我真正失去时，才能真真切切感受到它的存在。就像爱情，当我身处其间时，我甚至不能确定其是否存在。只有分手后，感到痛了，撕心裂肺的感觉才能让我深切地感受到它的存在。

　　故乡亦如是。

　　当我带着不屑一顾的态度离开后，每条巷弄街道，不管宽窄大小，都成了我的血脉。每一条河，无论急缓清浊，都成了我的血液。甚至那些丑陋狰狞的断桥，尘土披离的残垣，都成了我朝思暮想的对象。

　　这个寒冷的冬夜里，我孤独无助地坐在床沿上，感觉自己像漂泊的云，像无根的树，像失去源头的水——虽然依旧向前流淌着，却逐渐干涸而不自知。直到某一刻，才突然惊觉自己对故乡的深深眷恋。

它爱着我，我也爱着它。我们所用的方式并不相同，但感情却同样隐忍而热烈。

所有的离别都有意义，因为它让相聚的时光更加美好；所有的远行都有意义，因为它让游子的思念更加浓烈；所有的乡愁也都有意义，因为它让尘世间的灵魂不会忘了回家的路。

不知不觉中，我们都给予了对方更多的意义。

它给我指引，我给它记忆，这是一幅绝美的风景。

像鹰飞过山巅。

荷与露

外面下雾了，雾气中的荷身子沉重。

此时万马齐喑，天地间一片混沌。尘世间的游魂在雾气中飘荡着，想要侵入孩子们的梦。

这是一个静且孤独的时刻。

整片天地都被雾气装扮成一个巨大的"迷"字，用大写小写、简体繁体肆意妄为着。好在人们都睡着了，不会因醒来而痛苦。

然而荷醒着，它质朴坚韧，出淤泥而不染，梗着脖子、挺着腰板倔强地站着。

可如此骄傲地站着是需要付出代价的，这代价还不小。

这场雾气已持续多久，荷记不清了，它身边那些喧嚣的水草也都记不清了。

时间过去太久，于是也就没有了时间；雾气遮盖一切，于是就选择视而不见。

但水草们依然记得雾气来之前荷所遭遇的一切，这也成了它们窃窃私语时为数不多的谈资之一。

雾之前先是风来了，它粗鲁无礼地推搡着荷，荷被它的蛮力强行压弯了腰。但只要风稍有松懈，荷就会重新挺直腰板站起身来。风感觉受到了羞辱，变得无比愤怒，它一次次将荷打倒在地，可荷也一次次倔强地重新站起身来。它们僵持了许久，风还是无功而返，它便气急败坏地请来了帮手。

于是雨来了。风助雨势，雨借风威。它们沆瀣一气，对着荷劈头盖脸就是一顿抽打。雨的皮鞭无情地抽打在荷身上，顿时响起一阵噼里啪啦的声音来。荷被这突如其来的报复打蒙了，一时间竟然丢盔弃甲，溃不成军。但雨本就是无耻小人，此时见有机可乘岂会轻易放过，它撸起袖子变本加厉地狠狠抽打起来，而风也鼓起腮帮子在一旁摇旗呐喊，加油助威。

狂风暴雨无情地折断了荷的茎叶，并沉浸在作恶而获得的短暂快感中不能自拔。荷强忍着痛苦努力坚持着，可时间似乎变得格外漫长。它几度想要放弃，但遭到身旁水草的无情嘲弄，又咬着牙坚持了下来。

它们齐声喊道："放弃吧、放弃吧，你那么痛苦地站着，还不如像我们舒舒服服地躺着。"

听到这样的嘲笑，荷有些难过。身体上的痛苦也似乎没有那么强烈了，反倒是那些冷言冷语让它的心里异常难受。

这样的折磨持续了很久，直到风和雨也都有些疲倦了，可它们仍旧没有打算放过荷。它们觉察到荷的心里很难过，于是雨摇身一变，化成丝丝点点，似乎打算借此勾出荷的眼泪；而风则将那些折断的断茎残叶吹得满池都是，希望能让荷触景生情。

但荷在这样的凄风冷雨中依然挺立如初，可它也着实累了，身心俱疲，意志消沉，几乎就要放弃了。

就在此时，忽有一颗饱满的露珠落在了荷的身上。那颗露珠晶莹剔透，在荷叶上滴溜溜地滚动着。荷将这颗露珠小心翼翼地捧在手心里，如获至宝一般放在眼前仔细地端详。看着看着，荷突然大笑起来。

天快亮了！

看到这颗突然出现的晨露，荷的心中满是喜悦，重新变得斗志昂扬起来。

风和雨见状，也终于失去了兴趣，都悄无声息地遁去了，只留下漫天厚重的雾气。

荷逃过一劫，伤痕累累地在雾气中苟延残喘着。四周的水草也不再聒噪，只安静地沉默着。

池塘里恢复了一如既往的静谧，似乎只要耐心等待，温暖的阳光就会照亮这死水一潭。

然而这一等就是十年。

漫天的雾气终于散去，醒来的人们像做了个冗长的梦，但这场梦也很快就会被遗忘。

风和雨没有再来过，池塘干涸了，水草早已在等待中死去，荷也未能幸免。

在温暖耀眼的阳光照射下，人们看着满池的残枝败叶，无不唏嘘起来。

突然有一个小孩大叫起来："看呐，它还活着！"

人们迅速地朝荷围拢过来，都露出不可思议的神色来。

那小孩将荷干枯的身体一把撕开，却看到一颗滚烫的露珠从荷的心里滴落出来。

他惊喜万分道："这是谁的眼泪？"

没有人知道答案，也没有人在意。

人们对荷顽强的生命力啧啧称奇，却没有人知道，荷曾多么艰难地熬过了那样惊心动魄的一夜，以及靠着心底残余的那一点点温暖，而苦苦撑过的十年。

而荷，也终于在绝望中彻底死去了。

黑子

这里的时间，对我这个不过二十余岁的年轻生命来说，单薄缓慢得让人忍不住心痛。就像一位不知生命之火何时熄灭的耄耋老者，回首往事时却瞿然惊觉生命的年轮竟只有让人惨然一笑的空白刻印。

也许，我真的该走了。

与我同来的，大抵是和我相差不过载许的同龄人。在我看来，他们的生命理应鲜活而灵动，那些年轻的身体里，生命的火苗绚丽而明艳。那气息，总是让我无比沉醉。

可是我感到那些生命的热度，带着它们决然不甘的遥远梦想，正缓缓地一步一步地溺毙在无处可逃的钢铁海洋里，只怕至死方休。

日复一日，年复一年。所有的生机不过是每个月或一日或两日取款机前的人头攒动，看着工资卡上令人或满意或失望的数字，那些麻木的眼神才好似有了一些极少见的温度。如同坡上的泥丸一般，在乱石堆中跌跌撞撞地一阵滚动，便悄无声息地粉身碎骨开来。

我和黑子说起这件事的时候，他正抱着他那个硕大的塑料杯咕咚咚地往肚子里灌着水。我看着他脖子里好似一只顽皮的小猴一般不断上下窜动的喉结，也忍不住吞了一口唾沫，终于没有了再继续说下去的欲望。

"去你的。"他将手上的塑料杯漫不经心地扔到了桌上。那杯子在桌面上疯狂地翻滚了一阵，发出一阵轰隆隆的声响来，直到撞上那用石灰清浆刷过的冰冷墙壁，才终于在一声惨叫中停歇了下来。

黑子瞪着我，他那厚厚的大嘴唇里不断有白色的雾气喷出，就像蛛网一般在空中扭曲盘旋，却又在一瞬间便消失不见了。我从他那黑亮的眼珠里看到了一丝不信。我挠了挠头，心下有些不悦。

我是个笨手笨脚的人，我的手脚经常跟不上我的思维，即使是拧螺丝这种不费脑筋的活，我都能出差错。而黑子和我截然不同，他看起来黑黝黝的，一副庄稼汉子的憨厚模样，却手脚麻利，干什么活都妥妥当当的。

我指着那塑料杯道："黑子，你听见没？"

黑子便皱了眉，含糊不清道："啥？"

"这杯子在哼哼，你听见了没？"我说这话的时候，是一副郑重其事的表情。

黑子像看着神经病一样瞅着我，好半晌他仿佛才终于找到了一个合适的表情，只是这表情使他看起来似乎有些滑稽，但更多的是迷惑。

我知道他听不见。

黑子每天都活在一片轰隆隆的机械声响里，对于声音，他已经麻木到了迟钝。他虽然才二十二，可是听力却比上了岁数的老人家还要差上不少。这给他的生活带来了极大的困扰，别人向黑子打招呼，黑子通常是听不见的，所以自然不会给予回应。不知情的人便觉得这人不易交往，再也不愿理睬他，所以他的人缘即使说不上差，也绝对跟好沾不上边。

但黑子是我的朋友，这也是最自然不过的事情，我们每天一起在那堆轰隆隆的钢铁机器旁干活，每天一起在那夏有骄阳冬有雪的简陋食堂里吃饭，每天一起在宿舍里天马行空地憧憬未来或抱怨当下，我们的生命轨迹相似得让我们几乎分不清彼此了。

但我们终究是有区别的。

在我的印象里，黑子就像那黝黑肥沃的土地上成熟的稻穗，整日里低着头，看着那一茬茬沉甸甸的希望，将田野上的阳光都揉碎在风里了。黑子的脸之所以如此黑，是因为小时候经常站在田埂上发呆，对着呼啸而过的风尖叫着伸出手去，跌跌撞撞地跟在风后面追逐。日头喜欢这个傻傻去抓风的孩子，便在他的脸上留下了一些难以磨灭的吻痕。

他说："那是日头对我的爱。"

是的，那是焦灼的爱，经过弥久的岁月，仍旧烫得让人心疼。

可这工厂里，是没有风的，自然也没有阳光。高亮的氙气灯将整个工厂照得透亮，那亮明晃晃的，在不知不觉间将人们眼中的灵气都席卷一空，他们的眼睛便都空洞洞的像极了寡淡无味的白开水。整个工厂就像一架巨大的战车，携着那些钢铁怪物发出的轰隆隆的巨响，夜以继日、不知疲倦地向前滚动着，将时间都碾压得支离破碎。

黑子在这样的环境里感到很烦躁，有时候他会莫名其妙地发脾气。我是他唯一的倾听者，但却不是唯一的受害者。他将那可怜的塑料杯子摔到地上，便气喘吁吁、哆哆嗦嗦地说："我要到田野上去，我想再去抓风。"

我不知该如何去安慰他了。

其实我是知道的，可我从来没有安慰过他。

"我要去西藏，我要去拉萨，我要去布达拉宫。"我信誓旦旦地宣布道。

黑子便张大了嘴，那厚厚的大嘴唇里喷出一阵让人讨厌的异味，他原本黑亮的眼珠却不知在何时变成了好似死鱼那般泛白的眼珠。他的身体开始微微颤抖起来，我知道他正在空空的脑壳里极力地搜寻着一些挽留的词汇。

可好久，他都没有开口。

他终于道："你什么时候去？"

"现在、立刻、马上！"我紧握双拳，抿着嘴唇，伸长脖子像一只远望的鹤，"这里我一刻也待不下去了。"

黑子显然没有料到我会走得如此决绝，微张着那厚厚的大嘴唇，将不经意间挂到嘴边的哈喇子咻溜一声倒吸了回去，咂巴着嘴道："西藏有什么好玩的，还不如跟我一起去我老家那边。夏天那些田野里可热闹了，青蛙们跟开演唱会似的，叫得可好听了。我听那些青蛙的叫声，就知道它个儿有多大，是公是母……"

我便泼他冷水，说道："就你这耳朵，除非耳边炸个雷，那雷声你或许能听见，青蛙叫你是听不见啦。"

黑子便急了眼，那脖子上的青筋猛然暴起，筋筋条条，好似要挣脱皮肤的束缚跳将出来。我能感到一股噼噼啪啪的火苗烧到了他的眼里，他那厚嘴唇竟不住颤抖起来。有那么一刻，我在恍惚间居然觉得黑子那涨得通红的黑黢黢的脸，好似一轮血红的日头，将那掷地有声的阳光如豆般滴落下来，打湿了满屋的尘土。

"是啊，我再也听不见啦。"黑子带着湿漉漉的眼窝，像一只斗败的公鸡一般垂下头去。阳光在他脸上留下的吻痕，和在脸颊上两道汹涌的热流里，显得突兀而狰狞。

我突然觉得自己有些过于残忍了，忍不住去安慰他："你只要不在这工厂里干了，你这耳朵或许能回去呢？"

黑子摇摇头，叹息道："没用的，我每天睡觉，这轰隆隆的声音都一直在我的耳朵里响着。也许，我这一辈子都要这样轰隆隆地过去了。"

他忽然记起一个男人该有的自尊，慌忙去抹眼中的泪。我看见那些泪水混着鼻涕，都被他用手指揉到了脸上，原本黑黢黢的脸上顿时泛起了一块块滑稽的白。

我不知道说什么好，只是定定地看着黑子。

黑子仍然不想放过我的耳朵，宛若自言自语一般道："我的耳朵已经被那些钢铁疙瘩碾碎了，一日不回到田野里，便一日听不见了。"

我想起黑子的家境，想起他常年卧病在床的母亲，便没有再怂恿他和我一样离开这里，他理应回到他朝思暮想的田野里去。

我开始收拾行李。我的行囊非常简单，黑子要动手帮忙，被我拒绝了。

我指着躺在地上的那个可怜的塑料杯子道："黑子，把它送给我吧。"

黑子点点头，走到那塑料杯子旁边，将它小心翼翼地捡起来，然后细心地掸去杯子上沾着的一些泥土。光看他那耐心细致的模样，倒好像他手里是什么了不得的宝贝。

我的行囊很快就收拾好了，我看黑子仍旧恋恋不舍地将那塑料杯子抓在手里，细心地掸着根本就不存在的泥土，便打趣他道："怎么……一个塑料杯子，都舍不得送我吗？"

黑子这才醒悟过来，那黑黢黢的脸上立时泛起一阵不甚分明的红来，就像破晓时那黑的天幕上被日头映红的云彩。他将那塑料杯子递过来，有些尴尬道："那些铁疙瘩都是凉凉的，哪有这杯子摸着舒服。这杯子里要是再装上一些热水，用手捧着的时候，就好像捧着那日头似的呢！"

他说这话时，那黑亮的眼珠里竟泛起一阵奇异的光彩来。

我郑重地接过那塑料杯子，看着黑子咧开的大嘴，小心地塞进包裹里。

"你终于听见啦。"我笑道。

"啥？"黑子疑惑地看着我。

他不知道我是指什么，我知道他没有听见，可我又肯定他听见了。

我走时，黑子就站在那石灰清浆刷过的冰冷的墙壁角落里，目送着我离开。他的目光突然变作长长的线，系着我远去的身影，融进了那日头照耀下的风声里。

那塑料杯子此刻正在我的包裹里兴奋地哼哼着。方才它被黑子摔着的时候，我便听见它在哼哼。但此刻，我终于听清楚了，这杯子不是在哼哼，它是在噼噼啪啪地燃烧着——

它的心里，藏着一团火呢。

魂梦夜夜竹林西

"你说的道理我都懂。"我没好气地冲她嚷道，"可我就是不明白，为什么别人生来就是树，而我却是一根可怜的竹子？"

她不说话了，不知是不会说还是不愿说。

那时我才八九岁光景，却"聪明"绝顶，一口伶牙俐齿，常常问得她哑口无言。我在同龄人里并无对手，便自以为高人一等，处处要胜人一头，也包括对她。

我那时年少无知，口无遮拦，不知道伤她有多深，却愚蠢得为此感到沾沾自喜。我常指着她的小脚问她为何与别人的不同，她只笑笑不说话。她的坦荡豁达反倒突显了我的自私自利，我如何能受得了？我就继续挖苦她的小脚和她那略显奇怪的走路姿势，我不达目的是誓不罢休的。她仍然没有生气，却似乎有些苦恼。我听到她低低地嘀咕了一阵，似乎是说给我听的，又更像是自言自语。

她的苦恼刺激了我，我像是闻到了血腥味的恶狼，恨不得把她所有的平和安静都打破了才行。我就假模假样地躲在一边，大声地喊着她的诨名"小脚婆"，让她能听到却又找不到我人。对于我如此的不敬，她实在气不过终究还是要骂上一句的。可我原本就想以此为乐，她的小声咒骂正中下怀，让我感到莫名兴奋，并因此乐此不疲地重复着这一切。

我是多么聪明啊，她虽然比我多活了好几十年，却终究是斗不过我的。

她特别袒护我，每当我在外面闯了祸别人来家里兴师问罪时，她总是让我躲起来然后自己去应付。往常我就躲在卧室里听着她给人家赔不是，她都一大把年纪了还得小心翼翼地说些好听的话，其实也真的难为她了。可我那时并没有想到这些，反而因为她的谦卑隐忍而愈发瞧不起她。每次都有她替我兜着，我丝毫没有认识到自己所犯的那些错误有何不妥，自然更提不上什么引以为戒了。我的胆子便越来越大，终于犯下了不可饶恕的错误——我玩火时把人家的一间房子给烧掉了。

当时我也吓坏了，赶快跑回家躲了起来。她看我慌慌张张地跑进来，就让我小心不要摔着。我哪里有空理她，只急急忙忙躲进了卧室里，生怕别人兴师问罪找上门来。我等了很久，竟然迷迷糊糊地睡着了。等我被院子里的吵闹声惊醒时，从窗缝里看到她正一把鼻涕一把泪地跟别人赔着不是。后来她到屋子里翻箱倒柜了一阵子又出去了，那些不速之客居然都走了。

当时我完全没有意识到发生了什么，只记得她后来很难过，好一阵子都不理我。那时我爸妈在外打工，也管不到我，就把我托付给她。如今她不理我，我正好乐得自在，喝了一碗稀饭又准备出去疯。

　　她看到我又要出门，便喊我的名字。我假装没有听见，一溜烟地跑出去了。

　　孰料她居然追了出来，她跑步时很费劲，我以前从来没有看见她跑过。但这一次我被她追上，然后拽着衣服往家里走去。她的力气竟出奇的大，我拼命挣扎着，甚至去掐她的手。她的手很粗糙，布满了老茧和硬皮，我掐她的时候她似乎并无感觉。

　　到了家里，她想要狠狠地打我一顿。我拼命挣扎求饶，她都不为所动。

　　我看得出来，她是真的生气了。

　　当鞋底落下来的时候，我哭喊着想要妈妈。她听到后愣了一下，没有继续打我。我趁机挣脱开来，哭着跑了出去。她没有再追我，却在我身后小声地抽泣了起来。

　　我感觉受到了莫大的委屈，就偷偷跑到屋后的竹园里去了。到了晚上，整片竹林黑漆漆的，只有月亮从竹叶间洒下星星点点的些许微光。风从竹林里刮过带起沙沙怪响，四周的黑暗里仿佛潜伏着无数可怕的怪兽，我心里害怕极了，完全不敢发出一点声音来。

　　我又冷又饿地在恐惧中煎熬着，那时我孤独无助的幼小心灵里，真希望有一个大英雄突然出现在我的面前，然后带着我远走高飞，逍遥江湖。但我等到睡意来袭，也并没有什么大英雄出现，只隐约听到她用焦急而沙哑的声音一遍遍地呼喊着我的名字。

　　后来她是怎么在竹林里找到我的，我不得而知。这么些年过去了，我也几乎忘得一干二净了，唯一记得清清楚楚的就是她的眼神。在竹林里找到我时，她一把死死地抱着我，眼里满溢着浑浊的泪水。她真的老了，眼睛也不好使了，但她的眼神专注而温柔，像看着一件稀世珍宝。

后来她就经常带我到竹林里玩，我常问她为什么别的小朋友都有爸爸妈妈陪着玩，而我却没有？

她总说因为我上辈子是竹子，而别的小朋友都是树。

现在想来，当时我为什么会讨厌她，很可能就是因为她总是这么迷信。

以我当时的年纪，除了看出来竹子和树长得不一样，实在想不出还有什么其他区别。

她指着那些翠绿的竹子对我说："竹子种下去后前几年都不会怎么长，而是把大部分力气用来扎根，同时也在默默地拔节，等几年以后积蓄了足够的力量才会快速生长。而树则不同，树生长的速度比竹子快很多，但它们成材却比竹子要慢。"

"你说的道理我都懂。"我没好气地冲她嚷道，"可我就是不明白，为什么别人生来就是树，而我却是一根可怜的竹子？"

其实我什么都不懂。

她温柔地抚摸着我的头，并没有再说话。

直到现在回想起来，我才领悟到，她那时实在是有千言万语想要跟我诉说。

但她那颗苍老而鲜活的心，也实在是太过爱我，所以她终究什么都没有说。

那时她的脸上已经满是皱纹了，她还患有严重的哮喘病，一旦发作起来整个人咳嗽得几乎要背过气去。可她总是愿意拉着我说话，但有时又什么都不说。

这个人又老又怪，我曾这样想。

但后来我发现对她的感情竟愈加复杂起来，我不知我究竟是爱她还是恨她了。

爸妈后来回到了家乡，就将我接了回去，我就离开了她。

自我回家后，她的哮喘竟没来由地变得越来越严重，听妈妈说她的情绪也变得很低落。她的身体不知为何竟一日不如一日了，我很想经常去看她，却终究去得少了。

但每次只要我去，她都会做上一大桌子的好菜，然后温柔地看着我吃。

我在她身边一共待了一年零七个月，这段时间里她只打过我一次，却抱过我很多次。她也为我流过许多眼泪，那时我对此很不以为然，甚至觉得她有些懦弱和迂腐。

直到很多年后，我才突然意识到，她曾为我流过的那些眼泪，我终究是要还的。

而此时她已不在了。

她是在某个寒冷的冬夜里走的，大概是哮喘病发作而去的，而那时她的身边空无一人。我感到十分内疚，我一次次地想，如果当时我在她身边，或许结果会有所不同吧。

如今我常常不由自主地在梦里梦到她，虽然她的面容我已记不清了，可她的手、她的小脚、她的谦卑隐忍与好脾气，却始终历历在目。她死后就葬在那片竹林的西边，石碑上简单地刻着她的名字，终日与她相伴的只有满园郁郁葱葱的青竹。

今年清明去看她的时候，满园的竹叶在凄风冷雨里发出沙沙的声响，仿佛在述说着无尽的思念。而她的坟墓周围，长满了齐膝的野草，竟找不到能够落脚的地方了。

冷锋过境，狂风大作。

街道上原本熙熙攘攘车水马龙，此时空落落的，只偶尔有些行人一闪而过。他们大多裹着围巾，只露出两只眼，身上穿着肥大的棉衣或羽绒服，在冻得光滑硬挺的街道上急促地赶路。如同一只只冒险觅食的麻雀，明知前路坎坷却不得不去，又小心又不安又无奈。

若不是为生活所迫，谁愿意在此时出来呢？

整条街道经过冷锋的装饰，冻得光滑如镜，显得越发空旷气派。平日里的浮尘飞土也失了神气，不敢随便造次，乖乖地安眠在冻成一坨的乌黑冰块里。原本飒白一片的街道上，到处是搅成一团的垃圾和落叶，细看甚至还有动物的粪便。平时八竿子打不着的破烂玩意儿，都在此时被硬邦邦地冻到一起，看起来倒甚是和谐。

冷锋的调解能力比雪花还强，雪花只是粉饰太平，但该掐的还会掐，该打的还会打。猫狗断不会因为下雪就你好我好，在雪地上撕扯扭打后，猫行猫道、狗走狗路，留下数行肮脏的脚印，纷纷扬长而去。而冷锋冻过的街道上，一不留神就会摔个大跟头，猫也瑟缩、狗也畏惧，迎面碰到了伸出的利爪变成了拱手作揖，话到嘴边也变成了温言暖语，于是人间一片太平。

雪花只想做表面文章，能拖一天是一天，但冷锋却敢于进行血淋淋的自我剖析。无论是干枯的落叶，飘荡的塑料袋，还是被踩扁的易拉罐，甚至是黑褐色的粪便，都被一视同仁地冻在硬邦邦的冰块里。冷锋敢于将这份丑陋固定下来展示在世人面前，这份勇气和决绝也让虚伪的雪花自惭形秽。

若是站在三楼窗口往外看去，又是另一番新天地。锐气逼人的冷锋突然变得柔和起来，仍旧是那条冻得硬挺的街道，此时却如同在脸上涂了粉。入眼处是一块白底透明的棋盘，其上不规则散布着星星点点的黑斑，在朝阳的照射下，反射出懒散的红色光芒。那些如同小小雀斑的种种"杂质"，此时不仅不会让人心生厌恶，反而会有些莫名的可爱。只是隔开稍许距离，彼时的"如鲠在喉"立马就变成了"相看两不厌"的敬亭山了，如此想来，冷锋过境倒也带来了些许哲学的气息。

对于行人，在这样的距离上，引人注意的不再是行人本身，而是他们小心翼翼、歪歪扭扭的行进轨迹。都是从这条街道去往同一个方向，有人小步行进，快速通过则平安无事，有人大大咧咧，不以为然，却摔个四仰八叉，还有人别出心裁倒退着碎步前行……呼啸而过的汽车，仿佛嘲笑着炫耀着，溅起一地的黑水和冰碴子，于是引来行人骂骂咧咧。

冷锋却不管这么多，它只负责将整条街道整座城市利索地冻个结实。这座朴素而多姿多彩的舞台搭建好之后，剩下的"演出"就由身处其间的生灵们自发去完成了。偶尔看得兴起，它也会召唤狂风前去助兴，这一下更是人仰马翻、热闹纷呈了。

　　除了调解员和哲学家，冷锋还是一位美学爱好者。站在十八楼窗口往外看去，整座城市都在阳光的修饰下，闪耀着让人目眩神迷的光泽。此时街如细线，车如柴盒，人如墨点，有条不紊地进行着。

　　那或许是条街，或许不是；那或许是行人，或许不是，可谁在乎呢？眼前所见俱是苍茫天地，浑然一体。胆气随之一荡，胸怀也被天地的森冷感染。冷锋冻得硬邦邦的那条街道，混在色彩迷离的反射里，升华成一条匪夷所思的梦幻之路，突然成了诗意的化身。而这诗意里，是写满了肃杀和绝情的。街上那些肮脏的零碎，又怎能破坏这诗与美的大好局面呢？于是后者只能满脸写满羞愧，在阳光的照射下，随着融化的冰水不知躲到哪里去了。

　　这些光怪陆离的景象，冷锋全然不放在心上。它只是稍作停留，不几日便呼啸而去，再无踪迹。

　　而人们向来健忘，冷锋过境后，也就全都忘得一干二净了。

路

我回家的时候，是兄长来接我的。

我问他为什么不开汽车来，他愣了一下，说自己太笨学不会。

我没有再说话。

上了他的摩托车，我看着远处高耸的高架桥和眼前宽阔的道路，不禁有些迷惘。

记得小时候，乡里到处都是土路。一旦下雨，所有的路都变得坑坑洼洼、泥泞不堪，那时候路上还多是自行车，连摩托车都是极其少见的。骑着自行车的人费劲地蹬着，就像在犁地一般，四溅的烂泥让路旁的行人唯恐避之不及。过了一段时间，村里的几条主干道都用石灰子和石子铺了一下，虽然走起来有些硌脚，但总比碰着下雨天路上就一片汪洋好。

后来乡里有了第一条水泥路，是大家集资修建的。路并不长，就几公里。但通车的那一天，很多领导都来了，大家都欢欣鼓舞。这时候很多人家里都买了摩托车，甚至还有少数人家里买了汽车。不几年乡里所有的土路都消失了，全都被修成了水泥路，而一些老旧的主干道更是被翻修成了宽阔崭新的柏油路。这时候大街上已经有很多汽车了，摩托车也基本被电动车取代了。

后来我离家数年未归，此次回来我原本以为家乡不会有太大变化。孰料家乡的变化很大，简直可以说是天翻地覆。我坐在摩托车后面，一路上看到高架拔地而起，隧道穿地而行，快速路上的汽车更是如同闪电一般飞驰而过。

如果只靠我自己，已经完全找不着回家的路了。

兄长比以前更黑了，想来这些年他过得异常辛苦。

他长我三岁，我们却是同一年从小学毕业的。他初中毕业后就开始打工赚钱，很是辛苦。而我则继续读书，后来大学毕业后就在大城市找到了工作，从此便很少回来了。

我所走的，是和兄长截然不同的一条路。

一路上他絮絮叨叨地跟我说着一些乡土人情，哪家拆迁分了多少钱，拿了几套房子，哪家买彩票中大奖了，谁谁谁做生意又倒了欠了一屁股债跑路了……

他大概很少遇到能让他放心倾诉的人，此时说得兴高采烈。我很想和他拉上几句家常，可我离家太久，完全插不上嘴。若是说些我在外面的事情，只怕他也不感兴趣。

于是我就听他说，偶尔点头或沉默。

我们在高架桥下七拐八绕了一路终于回到家，到了门口的时候兄长没有进去，他说做生意店里不能缺人。

我极力挽留他。

他用手挠了挠头，显得有些为难。

"你若是真忙，就去忙吧。"我用手搭住他的肩膀拍了拍，抱歉道，"我平时也忙，很少能够照顾到家里，真是辛苦你了。"

他却一脸满不在乎的样子，说："这是哪里话，你越有出息越好，我们都为你感到骄傲呢。"

我知道他一直以来都是以我为荣的，我做出了什么成绩，好像他也能得到无上的荣耀一般。可其实他从未享受过我给他带来的好处，却实实在在地承担了我离家后只他一人照顾父母的重任。

我突然想起小时候他为了保护我甚至跟别人打过架，便从包里取了些钱，塞到他手里，解释道："这些钱你拿着吧，平时父母都是你在照顾，我也没怎么顾得上。"

"不要、不要！"他看到钱，猛然涨红了脸，连连拒绝道，"你这是干吗，我现在又不差钱，爸妈也不差钱。"

我看他似乎有些生气了，只得收回钱来，一时间竟不知道该说些什么了。他看出我的窘迫，发动了摩托车，笑道："你怎么还傻站在这里，好不容易回来一趟，快进去陪爸妈说说话。"

我点点头，转身欲走。

他突然喊住我，小声道："你要真有心，就常回来看看。他们都很想你，又怕耽误了你的前程，所以从不跟你说。"

说完，他就开着摩托车飞一样地去了。

听到他的嘱托，我心里不禁一暖。

家乡已经日新月异，这里的路也发生了翻天覆地的变化，但幸好家乡的人并未改变。

即使眼前的路早已面目全非，但只要心里还牢记着当初的那条路，便总能找到回家的路。

漫话江南

江南春已至，胡不归？

在整片大地依旧睡眼惺忪的时候，江南春就这么悄无声息地漫过。它融冰消雪，一路肆无忌惮地泼墨弄彩，却又小心翼翼地画龙点睛。

它如此多情，在杨柳枝头亲吻那羞羞答答的鹅黄色，在黝黑的泥土里彬彬有礼地敲开种子紧闭的门，在孩子的脸颊上轻点出一抹浅浅的红晕，在单调的天空中画出洁白的云朵和彩色的风筝。它钟情歌唱的小鸟，听上一阵叽叽喳喳却又失了耐心，一路跌跌撞撞地掠过整片斑驳的大地，最后呜呜咽咽一头撞进老渔翁的竹篷船里。它极想拥抱那些可爱的人儿，便悄悄褪去他们身上厚厚的棉衣。

在这幅生机盎然的画卷里，江南春不仅带来了欢声笑语，也一并带来了对冬的刻骨思念。有时它的情绪会失控，恨意也逐渐蔓延，于是猝不及防间便已恶寒当道。慵懒的太阳也不敢惹它着恼，眼睁睁看着漠漠的寒意四处喧嚣。

冬已逐渐消失的影像，便在此时渐渐清晰起来。在经过一整个单调枯燥的冬季孕育后，江南寒也在这冬去春来、人心疲软懈怠之际彻底发酵开来了。

寒气漠漠，寒烟袅袅。

这寒极有韧性，若是哪个可怜的人儿被这热情盎然的江南春早早骗去了身上厚厚的棉衣，这寒意定要教他吃上一个大亏了。它销魂蚀骨且又弥天亘地，穿墙过壁，大杀四方，让人无处可躲。这寒并不刚猛暴虐，却如丝如缕，连绵不绝。初时它先试探性地撩拨几下，若那可怜的人儿对此毫不在意，它就肆无忌惮地将其拥入怀中，猛烈地亲吻他的脸颊，疯狂地拉扯他的手脚，歇斯底里地钻入他的体内——侵入他的心脏、他的血液和他的灵魂。等这可怜的人儿滴溜着鼻涕打一个响亮的喷嚏后，江南寒便带着坏笑寻找下一个猎物去了。

然而江南春很快就厌倦了这寒的恶作剧，对冬的思念也使它愁肠百转，忍不住唉声叹气起来。可春日的早晨，人们都辛勤地忙碌着，没人有空来照顾它的小情绪。它受了冷落，又相思难熬，便忍不住落下泪来。这泪便淅淅沥沥，化作漫天的江南雨。

江南雨性格温柔，举止端庄。它继承了江南春那多情的秉性，却没有那种粗鲁躁动。它在繁花锦簇中润湿了离人的眼，在清澈的湖水中编织出圈圈圆圆，在杏花欲红仍白、沾衣已湿犹未觉中扑面而来。在檐上、在田间，在哭着、在闹着，在眼中、在梦里。这丝丝线线缱绻缠绵，吻开了人面桃花一朵朵。

但江南雨也不是一直好脾气，若它心浮气躁时，便是一夜雨打新蕊满地红了。有时它也会助纣为虐，跟着风儿一路嚣张跋扈地横冲直撞，将那些花啊、酒啊、诗啊和梦啊都一股脑儿地扯个稀巴烂，让那些可怜的人儿都陷入不可自拔的忧伤中。而它却嘻嘻笑着钻进他们的衣领里，让这些可怜的人儿禁不住浑身一个哆嗦，脑中苦吟而得的诗句也随之烟消云散。

这些江南诗浸泡在江南惊心动魄的春意里，带着春的野、寒的韧和雨的柔，用游子的思念、离人的相思和慈母的守望串在一起，浸染着江南特有的敏感和多情，常常在某个孤独的雨夜里让人潸然泪下。可它又是十足的避风港，甭管多么痴情的人儿，总能在这里找到更痴情的诗句。陪你笑、陪你哭，陪你举杯弄影、陪你风花雪月；也比你狂、比你野，比你敢爱敢恨、比你忠贞勇敢。所以那些可怜的人儿不管受了多大的委屈，总能在这里找到心灵的慰藉，然后重新鼓起勇气启程上路。

但不管离开有多久，离得有多远，他们的血液里早就印上江南特有的痕迹。这些枝枝丫丫、只言片语虽不值一提，却有着动人心魄的力量。江南也以从容的心态和博大的胸怀等待着、盼望着、召唤着这些漂泊的人儿回来。

江南春已至，胡不归？

梦也何曾归水乡

水尽便是桥。

那贯穿整个小镇的水，在青砖灰墙间充满灵性地这么一折，便柳暗花明地露出一座湿漉漉的桥来。这桥俏生生地站在那水的眉眼之间，像极了"相思却成怨"的闺中佳人。但它翘首以盼的却不是"觅封侯"的夫婿，而是一个个远在他乡却血脉相连的游子。

水自不语，它默默地承载着那些舟楫竹筏，迎来送往，不舍昼夜。来去皆是自由的，水总是宽容而灵动的，你带着满面烟尘，从风鬟雨鬓的漂泊生活中抽身而出，重新回到水的怀抱里，它便温柔地帮你拭去满脸的疲倦。你因承受这浊浊尘世的诸多苦难而变得粗糙的神经，又再次变得敏感细致起来；你那早已失去童真的麻木心灵，也像久旱未雨的贫瘠土地里的作物忽遇天降甘霖一般，重新焕发出勃勃生机来；你遗忘多年的隐居之念，也在瞿然间苏醒，接着不可抑制地猛烈生长起来。

但切莫狂喜，数百载的厚重历史都悄无声息地浸没在小镇粼粼的水波里，个人的宠辱得失在这里，更是不值一提。

　　在小镇外，你或许圆滑世故，或许沉默寡言；你或许趾高气扬，或许自怨自艾。可一旦回到小镇来，回到这水的怀抱中，你便会在惊惶间发觉你早年生命的备份早已融在了这水里。世俗的诸多不堪之念，都在水的怀抱里被涤荡一空，只剩下最古朴、最真实的念想。

　　水，便是整个小镇的灵魂。整个小镇宽为街、窄为巷，如同密密麻麻的蛛网一般。若无水穿行其间，便着实显得有些呆滞和古板。但被水好似穿针引线般这么一串，整个小镇便宛若长出了一口气，立时变得生动而多情起来。小镇里的姑娘，便在这水的滋润下，变得温柔而多情。她们也许不美，但那种玲珑剔透的生动之感，你在别处是决然体验不到的。

　　若是乘着竹筏，顺着河流行进，让你惊慌失措站起身来的，便是迎面而来的石桥。这桥毫不客气，就这么突兀地扎入你的眼底。你站在竹筏上，仰首望着那桥，一时间便会百感交集。水乡的灵魂是水，但水从不曾真正地为这小镇上的人们停留过。只有这桥，数百年来都弓着腰，卧在小镇氤氲的晨雾中，像极了神态安详的老人。生老病死、悲欢离合，都被这桥静静地看在眼里，悄悄地记在心底。

　　水乡小镇的桥，和别处的是有着云泥之别的。别处的桥，你若要瞧它，便要站在它的身上。如此，你能够看到的，便只是一座冷冰冰的桥。但小镇里的桥，你站在竹筏上仰视着它，再有水做媒人，你和桥之间，便立时有了一种剪不断理还乱的莫名情愫。桥历经百载，早已变得沉稳睿智。从它满身的沧桑里，你能学到不少东西。桥，即使它沉默不语，你也依然能够感受到那藏匿在石中的火。

　　有时候，你也会蓦然觉得，这桥，实在是沉默得有些不近人情。但那是你没有读懂它，桥的心，早已被小镇氤氲的晨雾以及游子思乡的泪水，浸染得湿漉漉一片了。你若到这水乡来，便立时会发觉，这桥早已默默地等了你许多年。小镇里的汉子，平素也好似这桥一般沉默寡言，也许你会觉得他们有些冷漠，其实他们都有着一颗滚烫而火热的心。

　　如今一别水乡二十载，无数个日日夜夜，每当我无意中看到水和桥的时候，都会情不自禁地想起水乡小镇里的水和桥来，如此生动，如此分明。水，处处皆有，桥亦是如此。但无论何处的水和桥，都不曾让我有这种魂牵梦绕的感觉。我想水乡小镇的这些水和桥，大抵早已融进了我的血液里，所以无论何时想起它们，都会有一种血脉相连的奇妙感受。

　　水乡的细节，我现在大多已记不分明了，但我仍然清晰地记得常常闯进我梦里来的那些场景：那桥上驻足痴痴远望的孩子，那巷尾扎堆闲聊的老阿姨，那巷弄里传来的隐隐约约的吆喝声和喧闹声，这才是水乡小镇真正的魅力所在。而孕育这一切的，便是水乡小镇里那含情脉脉的水和沉默寡言的桥。

　　我知道，有一天，我终会回去的。到时候，一定要在那水和桥的怀抱里，痛痛快快地酣眠一场。

你和她

　　看着她一天天老去，你的心中喜忧参半。

　　这一天的到来其实早就在你的预料之中，但你玩心太重，你在她面前做了二十多年的小孩，潜意识里总觉得她永远不会老去——如此，你才可以自私且心安理得地永远不用长大。

　　但她的白发还是慢慢探出头来，你很好奇原本满头柔顺的乌黑发丝里，怎会平白无故地生出这么一些异类来。先前还只有一两根，它还显得如此无辜，小心翼翼地躲在发丝深处，直到再也藏不住了，才落落大方地现出身形来。可到了此时，事情却有些糟糕了，你也后知后觉地意识到：随着时间一同变化的，不止你越蹿越高的个头，还有一些别的什么。

　　这些变化是什么，你真的说不清楚，你只知道她再也不会威胁着要用鞋底抽你，其实她也未曾真的这样做过。她也常常说谎，但你总觉得她的这些谎言里比你的要多了些什么。你原本应该欣喜，即使她现在真的拿着鞋底站在你的面前，你也不必再去害怕她。因为你的个头早已经超过她了，她一直为此感到自豪，可你却总是不以为然。

但你真的高兴不起来。

你已经习惯了朝她大吼大叫，有时候甚至连你自己都会在恍惚间被自己的粗鲁惊吓到。可你竟然乐此不疲，你觉得面对这样一个温柔的人，你的不快和愤懑正可以派上用武之地，你要是胆敢对你那位老爷子吹胡子瞪眼，只怕早已被拍到泥土里去了。可她不会。当然她也有生气的时候，但你从未在意过。

你何必要去在意呢？

无论如何，她总归不会丢下你不管的，你坚信这一点。所以你心安理得地瘫倒在她的爱意里，贪婪地汲取着她的关怀，你觉得她是一口取之不尽用之不竭的水井。受伤了，就舀上一瓢来；孤单了，再舀上一瓢来；失恋了、失业了、生病了……林林总总，诸多不顺，一瓢又一瓢，可有一天，你猛然间发现，这口井已经在不知不觉中干涸了。

她的精神萎靡不振，吃不下饭，也不想说话。

你惊慌失措，你带她去医院，她乖乖地坐在你的车后面，像个小孩子一样用手环着你的腰。你觉得她好轻好瘦，让你忍不住一阵心酸。

你抓着她的手，她的手心里微微出汗，她想在身上擦一擦，可又舍不得抽出手来。虽然在小时候她不知道多少次抓着你的手，但现在这样的机会却少之又少，所以她无比珍惜。

就在她胡思乱想的时候，你却惦记着公司的例会，计算着今天请假会被扣去多少工资。她看出你的心不在焉，便催促你有事先走，并叮嘱你路上小心。你甚至都没有装模作样地推托一番，便径直走了，因为你猛然记起今天会有一位大领导到场。

你如此迫不及待地离开，让她一时间有些不知所措，她失魂落魄地在原地站了一阵，竟忘了接下来要干吗。

然而你未曾预料到，这次毫无顾忌的分别，竟是你人生中所犯的最大错误。

她在回去的路上突然中风了，就在她这一生中最需要你的时刻，你却正在领导面前谄言媚笑，并对她不爱惜自己而给你添乱颇有微词。

等你赶到医院的时候，她已经不能再向你嘘寒问暖了，你也永远不用再接她那些烦人的电话了。看着她苍白的面容，你的心上瞬间像被一只漆黑的拳头狠狠地捣了一下，接着便麻麻地揪成一团，你哑然了一阵，终于重重地跪倒在地。

你不必恨自己，这一切不过是提前到来了而已。

再过个二十年，当她不知不觉老死过去的时候，你还是要面对这样的场景。

她如此，不过是上天可怜她，想让她少受二十多年的折磨而已。

你常常会困惑，是什么东西竟有如此的魔力，让原本对她无比的依赖和崇拜转变成了如今冰冷的漠视和厌恶。最让你感到后怕和胆战心惊的是，这一切都是在悄无声息中发生的，你根本来不及适应，更谈不上什么反抗了。你就这么赤条条地躺倒在那里，眼睁睁地看着自己变得面目全非。

你不得不担忧起来，因为你仿佛看到了一堵墙，你拼尽全力地往前奔跑，想要跨过去看看隐藏在这堵墙后面的真相。可它却总是离你有一段距离，你使尽浑身解数，然而这堵墙仍旧离你那么远。

它，不断撩拨你，不断骚扰你，搅得你心神不宁，惶惶不可终日。

这不怪你，因为你没有放弃的权利，就像你没有权利选择是否来到这个世界上一样。她是欠你的，便要还你。她虽然用十月怀胎的痛苦和数十年无微不至的关怀来补偿你，可是在今时今日，你依然如此肆无忌惮地折磨她。

你觉得这些还远远不够。

于是你变着法子和她争吵。

你知道你深爱着她，但你依然不遗余力地去伤害她，一切看起来都是那么自然，你甚至忘了你们起初争吵的导火索是什么。这也确实不重要，一旦争吵开始，你情不自禁想去做的只是将它持续下去，无须什么道理。因为你在她面前一贯都是如此，专横跋扈、蛮不讲理。

终于她累了，急急忙忙躲到一旁的房间里，悄悄地抹着泪。而就在此时，你正趾高气扬地享受着胜利者的快感，你不止一次地想要去隔壁的房间看个究竟。

你为这种念头的出现而感到羞愧，可你越想消灭它，这种念头就越加顽固，直至汹涌澎湃不可遏止。而你也终于不能自已地恼羞成怒起来，可这怨气没了发泄的地方，你便在恍然间感到若有所失。你就这样呆呆地站着，直到心底泛起一丝悲凉。

你恐怕难以想象，那堵你拼命追逐着的墙后，究竟是什么样的光景。

她在那个房间里，总是翻出你小时候的照片。那时候的你还在牙牙学语，她依然记得你喊出的第一声"妈妈"。唯有这个时候，她才能露出久违的笑意来。

但你其实早已心知肚明。

你之所以永远跨不过这堵墙，是因为你自己不愿意看到那墙后的一切。

但她与你不同——她爱你，胜过爱自己。

故事的谜底其实早已在你脑中盘旋多时，可你却故意装作不知，你那可怜的自尊和可耻的自私仍旧挟持着你，只等着某一时刻彻底将你溺毙。

你是多么的可悲啊！

你知道这个谜底终究是要解开的，可那时她早已远在他乡。但她多年来为你流下的眼泪，终于在某个微凉的秋夜里，带着无比的湿意，漫过你早已干涸龟裂多年的心田。

你终于在这抹寂静无声的沉沉夜色里，随着夺眶而出的泪水，难以自抑地号啕大哭起来。在你有生之年所有有意或无意为之的叹息里，她终于占据了一席之地。

你的眼角，如同晨露滚动的青草叶儿一般湿漉漉的，带着咸，带着甜。你没有意识到，就在二十多年前你出生之时，她的眼角也是这般湿漉漉的，带着咸，也带着甜。

人·树·猫

一

　　祖母走后，按照我们这里的规矩，先要把她的身体在灵堂里摆上三天，好让亡者有时间斩断与这尘世最后的纠葛。

　　爱也罢，恨也罢，总该有个清清爽爽的结局。

　　要处理的事情还有很多，祖父年纪大了，自然不能再让他来张罗和操劳，他的几个儿子便当仁不让了。

　　该有的仪式都不能少，要不邻里乡亲的，都会在暗地里笑话。子辈孙辈的也要再和老人家见上一面，祖母生前从没有享受过儿孙绕膝的天伦之乐——是的，这也实在怨不得他们，他们都很忙。现在殁了，倒难得地见到了这个家族的儿辈孙辈们齐聚一堂。两个老人忙忙碌碌一辈子，开枝散叶，如今这一大家子也人丁兴旺，实在是大功德一件。

　　第三日我来的时候，院里已经聚了好些人。原本这院中有一棵枝繁叶茂的高大梧桐树，我小时候时常跟在祖母后面，尖叫、奔跑，就像条小尾巴一样。这梧桐树我实在记不分明了，只记得那树皮极滑，我背着大人偷偷爬了几次，着实摔得不轻。后来建这院子的时候，这棵梧桐树被砍了，那天晚上我对着树桩上如同皱纹一般的年轮傻傻地大哭了一场。祖父看我很伤心，便又从别处移栽了一棵柿子树来。可这柿子树实在是不争气，长得蔫头蔫脑的，祖父说是移来时伤了元气，能活下来已经是万幸了。

此刻我的那些小侄子、小侄女们，正在院中高兴地嬉戏打闹着，他们是如此的天真烂漫、无忧无虑，不时有一阵咯咯的笑声传来，或者是摔倒在地后寻求安慰的刻意干号。我之前生过一场大病，如今整个人都显得没精打采，脑袋也好似灌了铅一般昏昏沉沉。这些欢声笑语传进我的耳中，竟显得如此虚无缥缈，声浪一波一波将我淹没。我在恍惚间宛若置身湖心的一叶扁舟中，四周水波动荡不安，涟漪层层叠叠。我向来厌水惧水，哪里经得起如此折腾，只片刻便止不住地干呕起来。

干呕了一阵，我的状态稍稍好了一些。看着那些无忧无虑的小孩子们，想到他们接下来也会乖乖地在大人的带领下，到祖母所在的灵堂里好奇地走上一圈，像模像样地磕几个头，我的心便揪成一团，悲伤的潮水浩浩荡荡地涌进来。

他们的礼数自然不会少，甚至比大人们还要足，还要真挚。他们跪下的时候，便是真的跪下了，他们的心不会偷偷地站着；他们磕头的时候，总要将那小小的额头一直触碰到地为止，那些柔软的身体便弯得像一只只小虾米。

可他们不知道为什么要跪在地上磕这一个头，等到吃完那一场"白喜事"的酒席，出了这院子，他们自然会将此间的事情忘个一干二净。也罢，这不能怪他们，他们年纪还太小，生离死别对于他们太过沉重了一些。况且祖母对于他们来说，只是满头银发、满脸皱纹的一个模糊影像而已。

他们的父母，我的那些长辈们，他们也依然会继续忙碌下去。这小院这老屋这柿子树，便好似一场幻梦一般被遗弃了，也许在某个夜深人静酒足饭饱的夜晚，才会很突兀地出现在他们的脑中。

他们摇摇头，取来剔牙的牙签，然后便厌恶地将这思绪的不速之客戳破了。

他们哪里会记得，那院中的老屋里，还有一位不善言辞的孤独老人，常年陪伴他的只有院中那一棵从不结果实的柿子树。

我倒想时常来看望祖父，可我的身体不好，走不得远路。若我不像如今这般多愁善感，也许我的身体会好上许多。我总是对生命的存在持有一种难以自抑的悲伤，我常觉得生命的存在是如此的可笑与荒唐，生命的消亡也让我心生慌张和恐惧。祖母走后这几日，在人前我从不曾流过泪——因为我得像个男子汉。可到了夜晚，我便会站在那棵柿子树下，涕泪横流，难以自抑，而满树稀稀拉拉的叶子，也会跟着呜咽不止。

我问它："人到底是为什么活着，难道活着便是为了等死吗？"

柿子树沉默不语。

它不说话，我自然不满，便抽泣不止道："人活着，想来是为了让周围的人记住自己，这样死了，才好有个念想。若还能被人惦念着，即使只是被偶尔提起，也就不算真正死去。若是这尘世间再没有人记得你，便是真的死了。"

柿子树没有回应，只用满地斑驳细碎的树影将我包裹起来。那一抹柔柔弱弱的月光，跌跌撞撞地从枝叶间闯进来，倒将这树影照得愈加黯淡了。我向来敏感，此时触景生情，更是悲不自禁，抚摸着柿子树那皱巴巴的树皮，喃喃道："你看，如今还记着祖母她的好的，便只有你和我，还有祖父他老人家了。"

四周骤然变得安静，倒让我的身体终于舒服了些。

太阳宛若受了莫大委屈的小媳妇一般，死死地躲在云层中不肯露脸。天倒不阴，那漫天的云朵都死死地憋着一股劲儿，越聚越厚。一眼望去，映入眼帘的是一片惨淡的白，只有在天的尽头云的边缘才有一抹俏生生的蓝。这蓝虽疲乏，却给人一种张牙舞爪声嘶力竭之感，只要多看几眼，便会觉得一阵目眩，倒叫那漫天的白失去了光彩。

但我知道，大抵很少有人会注意到天幕上的白和蓝之间惊心动魄的对抗，因为跪拜亡者的仪式就要开始了。大家都围着灵堂，伸长了脖子像一只只待宰的鹅。

我无意中瞥见祖父正独自一人坐在厨房里，那厨房沉默地窝在院子的一角，显得不焦不躁。祖父安静地坐在一张竹椅上面，手中捧着一个用牙膏壳修补过的搪瓷杯，他神态安详地望着院中的那棵柿子树，似乎只有那个小小的厨房才是真正属于他的一隅天地。

我便突然有些惊疑，难道祖父他竟然一点都不感到悲伤难过吗？经历了几十年的风风雨雨，祖父和祖母之间已经磨去了所有的感情，只剩下那一份让人心痛的平淡了吗？

我来不及多想，因为跪拜亡者的仪式已经开始了，儿辈孙辈们都乱哄哄地涌进来，完成他们必须完成的使命。他们的表情丰富多彩，有的涕泪直下，号啕大哭；有的没精打采，像被霜打蔫的庄稼；

有的面无表情，阴沉着脸。他们都极力表现着自己的悲伤，像生怕被别人抢去自己的戏份一样。

可在这股刻意的悲伤里，我却分明感到一种让人心生厌恶的做作。

二

翌日，祖母的遗体要被送去殡仪馆火化了。祖父年纪大了，身体不佳，大家都劝他别去。但他执意要去，众人拗不过他，便带他一起去了。

一路无语，到了殡仪馆，我父亲和几位伯伯们却发生了争执。因为殡仪馆有一项额外的服务，便是为亡者放炮致敬，以寄托生者的哀思。但此项服务自然所需不菲，我的那些长辈们为此狠狠地争吵起来。我是个晚辈，自然不好说什么，但他们的争论我却听得明明白白，最终不过是聚焦在一个问题上罢了：这礼炮放还是不放？

有人说要放，因为前来殡仪馆火化时放炮的人并不多，放炮的自然显得很有派头，很是风光；有人说不放，认为这不过是在浪费钱罢了，祖母已经走了，没必要再搞这些花把式，况且——

的确是要花不少钱。

我站在一根石柱后面，面无表情地听着他们无休无止的争论，初时我只在心里冷笑，但后来便觉得心下空落落的一片，我觉得这些人，实在是不如一棵树。

每个人都觉得自己有理，争论的结果自然是面红耳赤，谁也说服不了谁。我常觉得争论是这天底下最无用的事情，即使某一方赢了，另一方也必然是口服心不服。因为从一开始两方便处于一种对立的状态，他们想的不是如何沟通和合作，而是否定和战胜对方，所以结果常常不欢而散。但人们却对此乐此不疲，我不懂他们，就像他们疑惑不解地看到我傻傻地站在那棵柿子树旁，心下自然也是不懂我的。

可是火化要进行，葬礼也要继续，所以放与不放，最后也一定要给出一个定论的。这事自然是要交给祖父定夺了，当我看到祖父从他那安静的角落里被众儿孙们推到风口浪尖，我竟然觉得他实在是有些可怜。因为无论放与不放，他都只能做对一部分。

我紧张地望着祖父，手心里都是汗水。他沉默了片刻，虽只片刻，我却觉得整颗心都吊起来了。

祖父道："还是放吧。"

场中随之响起数声稀稀拉拉刻意压抑着的不满轻哼，我躲在石柱后，心底也是一阵失望。我的目光越过面前的石柱，偷偷地朝祖父看去，只见他仍旧神态安详，好似方才所说的只是一句寻常的闲聊罢了。

我收回目光，在心底暗暗叹息一声：树啊树，你可知无论经历了多少风雨，人终究还是好面子的动物。

却听祖父又道："放吧，老太婆生前最喜欢热闹了。"

我便立时僵在了那里，心底一阵抽搐。

三

我们这里，"六七"是对亡者非常重要的日子，传说从这一天开始冥府便要拷问亡者的罪过了，因此这一天一定要再次祭拜亡者，给亡者烧纸钱、上贡品。那些纸钱和贡品是用来"贿赂阴差、搭救亡者"的。所谓"吃人家的嘴软，拿人家的手短"，那些阴差收了足够多的好处，自然不会再为难亡者。只是这"足够多"，实在是没个定数，也没法有个定数。但心诚则灵，所以自然是越多越好。

贡品自有它的讲究，殁于不同的岁数、不同的原因，上的贡品都是不同的。若是得了癌症殁在了中年，这贡品便得从简了；若是早夭，更是什么贡品都不该上的。这风俗似乎有点不近人情，却自有它的原因。老一辈的人都说，这些天年未尽却折在了中道的亡者是前世做了许多坏事，所以才有现世的报应，这些都是罪人。但这话自然不能在亡者的家属面前说，只是大家却都心知肚明。这些罪人在冥府之中，也同样要接受拷问，但因为他们前世作恶多端，所以连阴差都对他们避而远之，那贡品自然也是不敢碰的，若是贡品太多反而会激怒了阴差。

我向来对这些嗤之以鼻，但祖母殁亡的时候，我却又无比矛盾地希望这一切都是真的。因为祖母属于天年已尽的"福死"，加上子子孙孙好几十口，实在是大功德一件，就是有些什么罪责，也是无碍的，最不济也能功过相抵。阴差最乐意接受这种亡者的贡品，所以这贡品自然是越多越好，越丰盛越好。

初亡的时候会烧些纸钱，那是烧给路上的孤魂野鬼的，希望它们在亡者前往冥府的时候不要加以刁难。"六七"这天照例要烧些纸钱，但这次却不同，因为过了这天便要开始拷问亡者的罪过了，所以除了纸钱之外还要烧些冥钞。从前都是烧元宝的，用锡纸慢慢地、小心地、一张张地折成银光灿灿的元宝。那些银元宝就像坚固的船一样，满载着生者的思念和祈愿，将亡者顺利地渡到那未知的彼岸去。

可是，要折出数十个元宝，着实要浪费不少时间——实在还有太多的应酬、太多的酒宴、太多的原因和借口，这漫漫人生之中哪里能够抽出如此宝贵的几个小时呢！何况亡者已殁，为何还要妨碍生者尽欢呢？

是啊，是我想得太多了，那就烧些冥钞吧。

我偶尔会去那被人遗忘的小院中，看看那棵半死不活的柿子树。有时候我竟然觉得这棵柿子树比祖父还要苍老，它那皱巴巴的树皮像极了皱纹。可这棵树又分明很年轻，稀稀拉拉的枝叶间藏着一股消耗殆尽的锐气，又像极了那些年轻的眉眼。有时候，我会无端觉得自己苍老得有点匪夷所思，在这棵柿子树旁边一站，便有些情难自已地垂下泪来。

祖父依然安静而祥和，我在厨房寻了一道，未曾找到他，便去了里间。祖父正在里间忙着，地上一个大大的箩筐里堆满了银光闪闪的元宝。他坐在一张矮矮的木凳上，专注于手上的活计，似乎未曾觉察到我进来了。我默立了片刻，原本出于礼貌我应该主动和他打个招呼的，可此刻我却有些迟疑了。

那眉眼苍老、生命力所剩不多的老人，此时手中正捏着一张银光闪闪的锡纸，眯着眼往前半倾着身体。他的双手不受控制地轻轻颤抖着，可他的神情却虔诚而专注。里间的光线不足，黯淡的天光洒将进来，将整个里间渲染得昏暗而迷离，反倒将黯淡突显出来。祖父藏在一片漠漠的阴影里，像极了水墨画卷里那黑白分明的山筋水骨。

这样的一幅水墨画里，有一条银光闪闪的河流，正从祖父的指尖流淌出来，不知疲倦地往远方流去。我满心惊讶地闭上眼去，感到那条银光闪闪的河流，竟汹涌地流进我的眼底来了。而那一眼望不到边的河流尽头，正有一棵郁郁葱葱的柿子树。那树苍老而安静，皱巴巴的树皮像极了祖父脸上的皱纹。

也不知，究竟……是树是人。

我实在不忍去打破这弥漫山水之间的安静和牵挂，便悄悄退出了里间。

来到院中，看着那棵半死不活的柿子树，我在瞿然间忽有所悟：原来这人与树，其实也并没有什么区别。

四

我的身体很不好，在医院里待了数月后，我感到好转了些，便不顾医生的阻拦，执意要出院回家休养。

我如此一意孤行的做法，自然让父亲非常不满。但他早已领教过我的偏执，心知拗不过我，也就只能听之任之了。

在家里又休息了数日，我心中实在惦念着院中的那棵柿子树，便又去了那座安静的小院里。此时秋意甚浓，柿子树枯黄一片，原本就稀稀拉拉的树叶此时更寥寥无几。树下铺了一层落叶，让人不免心生悲凉落魄之感。

我用手摸了摸柿子树皱巴巴的树皮，心想这树快要死了，看它这模样，大抵是挨不过今年冬天了。

我看了一会儿，有些气闷，就去厨房寻祖父。我进去时他正在吃饭，一个搪瓷的小碗摆在面前，里面是一团焖得发黄的青菜；另一个搪瓷的小碗端在手上，里面是米饭。祖父小心翼翼地端着，生怕这碗掉了一般。

这种搪瓷碗是小时候父母怕我们打碎碗而给我们专用的，在我的心中几乎与童年画上了等号。此时眼前再次出现这种碗，心中便蓦然升起一种难以名状的感觉来。

原来，人活到最后，便再次成了孩子。这漫长的人生，倒是一个圆呢。起点和终点之间，起起伏伏，波折坎坷，那些痛苦与悲伤实在是太漫长了一些。可若是撇开这些，只看起点和终点之间的直线距离，倒又短暂得让人骇然。好像一夜之间，这圆便刻出来了。

就在我思绪万千的时候，突然一声猫叫把我拉回到了现实之中。我惊愕地看着不知何时伏到祖父肩膀上的那只半大小猫，它正伸长着脖子和他一同享用搪瓷碗中的米饭。祖父自己吃一口，便让小猫吃一口。

那猫好像孩子一般安静地伏在祖父肩膀上，偶尔弓一弓腰，胡须上都沾着米粒儿。祖父像对待自己的孩子一般，细心而又耐心地喂着它。那猫吃一口，便会低低地呜一声，也不知是撒娇还是什么，它用脸蹭着祖父那苍老的脸，那依恋的模样实在是很惹人怜爱。

我看得一阵心酸。

这哪里还是猫啊，这分明就是一个活生生的人。

我站了许久，越瞧越觉得心惊胆战和无地自容。人向来是不如树的，就说这小小院中的那棵半死不活的柿子树，它虽然长得有气无力兼之生机渐无，但只要一日还活着，便会昂首挺胸，站得端端正正。无论疾风冷雨还是烈日流火，这树始终守望着你，不离不弃。从它被栽下的那一日起，这树便不再是一棵简简单单的树了，而是你生命的另一种延续了。

你给它一命，它给你一生。

如此说来，人实在是不如树的。

可如今，人又何止不如树，却连一只猫都不如了。那猫的一弓腰一晃头都让我的脸上火辣辣地烧成一片。祖父和祖母含辛茹苦养育了一大家子，如今子子孙孙有好几十口人，倒着实挣了一个好名声。可祖母这一走，祖父却落到了这般田地，他自然没有被饿着冻着，可他需要的便仅仅是这些吗？

几十年的风雨沧桑并未消磨去他的感情，今日这一眼，我便蓦然发现这苍老的生命竟然如此的鲜活和生动。

每次来我都是和祖父匆匆说上几句话，便急不可耐地走了。而今日这只口不能言的小猫，迎面给了我一记响亮的耳光，将我从自以为是的迷途中拯救了回来。

我也是不如这只猫的。

我站在厨房门口，任由天光将我拥入怀中，然后悄悄浸湿我的眼角。我在一片恍惚中突然意识到：祖父，无论如何，他首先是一个人，一个有血有肉真真正正的人。他虽平静、安详、余日无多，从不也无须再索取什么，但……

他不能，只靠回忆活着。

五

我回到家中的时候，母亲见我脸色有些苍白，便料定我是冻着了，于是拿来一件毛衣要给我添上。我不知何故，竟又莫名其妙地犯了那偏执的坏毛病，执意不肯添上这件毛衣，并冲她发了一通火。

我实在不知当时我的这股火气是从哪里来的。

母亲去厨房里抹了一把泪，却又转了出来，仍旧拿着那件毛衣要给我添上。可我不知为何竟犯了浑，梗着脖子就是不从；而母亲也不肯退让，她不怎么会说话，这个只会写自己名字的普通妇女又能对我说些什么呢。但她用实际行动表明了她的态度——她手中死死地抓着那件毛衣，我走到哪儿，她就跟到哪儿。她就一直跟着，也不说话。我一停下来，她便举起那件毛衣。

她举着那件毛衣，就像一个乞讨的孩子。只是她所求的并不是钱财，而是我这个儿子对她的爱本该有的回应罢了。

如此僵持了片刻，我看着她因为用力而微微泛白的手指，感到很不是滋味。母亲最终用她的爱和坚持赢得了这场对峙，我乖乖地添上了那件毛衣，其实，我用来自我保护的偏执和倔强那么不堪一击。

又几日，我偶然和父亲提及祖父与猫共食的事情，父亲听罢沉默了片刻。

我见他沉默不语，心中一喜，却不想他一开口，便让我后悔不已。

他说："我早就知道了，可是又能如何呢？"

父亲说这句话的时候，我抬眼去看他，他当时的表情实在有些复杂。天光照亮了他的半边脸，却将另外半边遗弃在阴影里。那浸泡在光里的半边脸显得饱满而亮堂，糅合在阴影中的那半边脸则显得干瘪而僵硬。

我心下暗道：你可是他的儿子，怎么能如此冷漠呢？

父亲似乎看穿了我的心事，便自顾自道："就好比你是我的儿子，我自然希望你能留在我的身边陪着我。可是等你身体好些，你仍要出去，去学习、去工作。你即使知道我的期望，可是你依然会不管不顾地出去。"

　　我一听竟有些慌乱了，半晌缄口不言，良久终于抬高了声音道："我才不会。"

　　父亲笑了起来，他看着我道："儿子，那是你还没有长大。"

　　我的反抗被他轻描淡写的一句话击打得粉碎，我分明感到他的话里有些蹊跷，但哪里不对我又说不上来。这种晦暗艰涩的感觉让我痛苦难当，好似被人蒙着头给了一下子，等反应过来时却又找不到偷袭自己的人了。

　　而父亲找来的帮手，便是时间了。他让时间给了我当头一棒，叫我晕头转向，一时之间找不着北了。

　　那是你还没有长大。

　　每当我和父亲意见相左时，他总是会说这句话，我常常对此束手无策，绞尽脑汁也不知该如何应答。但今日，伏在祖父肩膀上的那只小猫，倒给我开解了这句话的可笑之处。

　　难道人不如猫，便是因为人长大了吗？猫也会长大，可它无论生老病死，总归还是只猫，一只实实在在的猫。祖父爱它宠它，它即使瘸腿瞎眼，也仍然会依恋、会撒娇。

　　而人，长大了，便不再是人了吗？

　　想到这里，我便回应道："是啊，祖父与猫共食，实在是不该，邻里乡亲的知道了还以为我们这些晚辈虐待他呢。他怎么就不知道多为我们想想呢？"

　　父亲一听便立时狠狠地瞪了我一眼，脸也涨成了猪肝色，他平素是极少抽烟的，但此时倒点上了一支烟，大口大口地猛吸起来。

　　这世上最难猜的便是"心中所想"，我自然不知父亲此时心中所想，但我知道他一定是有话要说的。

父亲抽完那支烟后，果然开口了。他竟讲了一个故事，正是关于祖父和那只猫的故事。原来这猫有一次丢了，祖父找了许久才找到它。当时它误食了老鼠药，已经奄奄一息。祖父便带它去看兽医，但他不想打扰别人，便抱着这只猫走了十几里的路，终于将它的命给救了回来。

"你祖父跟你一样固执，我们也曾叫他搬过来一起住，可他却执意不肯，只说一个人住习惯了。若是挪了窝，便全身不舒服。"

父亲说这话时，我全部的思绪正沉浸在一幅背影的特写中。那是一个瘦削的老人，头发花白，脸上皱纹密布，怀中抱着一只奄奄一息的小猫，正深一脚浅一脚地往前走去。他的脚步缓慢而迟钝，拖沓的脚步带起一阵阵灰尘。太阳在彼苍之中默默地注视着这一切，将他身后的影子拉得很长很长……

"我哪里不知道。"父亲叹息道，"你祖父他是怕麻烦我们，他若只有我这一个儿子，和我们住在一起自然是天经地义的事情。但现在他有几个儿子，这事却麻烦得很了。"

听闻此言，我猛然抬起头朝父亲望去，不知是光线的原因还是什么，我隐约看到他的头发里竟也有些白发了。

六

转眼离祖母去世快有一年的光景了，院中的那棵柿子树竟也重新焕发出了生机。

周祭这一天在我们这里是非常重要的日子，过了今日亡者便算是真真正正、彻彻底底地入土为安了。再添上最后一炷香，再上最后一次贡，不管如何怀念与牵挂，过了周祭这天，一切便都该恢复它的运行规律——亡者便去亡者的世界，生者也该活在生者的世界里。

你仍旧悲伤也罢，抑或早已将亡者抛至脑后，周祭对所有人都是一种解脱。

周祭这一天，我起了个大早，要到祖母的坟头去上第一炷香，我知道等到日上中天的时候，便会有一大堆人，吵吵嚷嚷地来到坟前。生活原本用不着如此严肃，但若将周祭这事弄成春游一般，我实在无法接受。

所以我着实不想与他们撞上。

我恭恭敬敬在祖母的坟前跪了下来，磕了头，点了香，正当我想要上香的时候，却愕然发现那里已经有一炷香了。那炷香已烧过半，我定定地看了片刻，便恭敬地上了香，然后踩着晨露回去了。

祖父来得比我还早。

下午去祖父家，我先在院中那棵柿子树旁默立了片刻，摸着皱巴巴的树皮，看着枝叶间的淡淡绿意，我忍不住高兴道："老伙计，没想到你又活过来了，你还好吗？"

柿子树自然不答。

我在树旁踟蹰了片刻，仍去厨房里寻祖父。

当我进入厨房的时候，祖父正在上贡。一张四四方方的木桌上摆着一些贡品，那桌边摆着三张凳子。祖父坐一张，那只猫坐旁边一张，还有一张空着。

我知道那是为祖母准备的。

在我们这边的风俗里，亡者和生者是不能共食的，何况此时这桌边的凳子上还有一只猫。亡者、生者和猫同桌共食，这实在是一件骇人听闻的事情。若是叫别人知道了，只怕又得在背后指指点点了。

但，这又有何妨呢？

因为这猫，哪里还是一只猫啊！它蹲在那小小的凳子上，表情满足而虔诚，即使其中夹杂着一丝不明所以的迷惑，但它的心一定是澄澈而明亮的，亦如我们初生时那般。

眼前的这场景在我的脑海中定格成了一幅画面，这幅画面将会穿越无数个时空，即使时间的长河浩瀚无边，但这样的画面却永远不会模糊，反而会愈加清晰起来。

七

又休息了一阵子，我的身体渐渐康复了。后来我离家外出上学，便彻底告别了安静小院里的那棵柿子树和厨房里的那只小猫。可它们还是会常常闯进我的梦中来，在我的梦里它们都变成了人的模样，和我手拉手，一起唱歌一起跳舞。

每次醒来，我都会竭力去回忆它们在梦中的模样，可我始终记不起来。

也许，它们根本就不想让我看到它们的模样；也许，它们原本就是我的模样。

在一个雷雨交加的夜晚，我突然从睡梦中惊醒。看着窗外瓢泼一般的大雨和撕开这漆黑夜幕的刺眼闪电，我的泪便簌簌而下了。

我终于明白了这梦中的树和猫，为何始终不肯让我看清它们的模样。因为它们知道随着我渐渐长大，我终究会忘了它们的模样，就像忘了我自己当初的模样一般。

上海的月

明月轻唱

随雾气洒满黄浦江上，江上

是海孕育了月，还是岁月的余韵太长

黄浦江，吴淞江，长江

血脉里流淌着从不停歇的浩浩荡荡

那里曾是一片沼泽

先辈用生命写下荒凉

有洪水泛滥的悲伤，和干旱时的泪水千行

直到黄歇来了，将厄运疏浚引进长江

那时也有月亮

也如，也如今夜这般开放

照亮，照亮这杯曲水流觞

你看海上有月，江上有船——

还有东方明珠点亮的车马如川

月看江上有船，船上有你——
还有千年教化养育的知书达理
满江雾气
还有穿越千年的相思一并而起
谁在黄浦江边，江边
点亮这第一抹月色潋滟
那时他披衣向前，走到亘古边缘
为黄浦春色欢呼雀跃
那时月儿，也如霓虹一般红了脸

遥望遥望，是烛光下的视线
离别离别，是时间里的翩跹
外滩，百乐门，和平饭店
枪炮声惊醒了沪上云烟
淞沪战役，渡江战役
热血的呐喊声奋勇向前
这是丑陋的伤疤，也是最美的尊严
于是今夜，今夜
你能在黄埔江畔流连
流连这花与月的缱绻
谁还记得——
月色如你，你曾是这人间

岁月并不如诗

一　波兰来客

　　我和友人分开已六年余，天涯渺茫，人海熙攘，竟不期相遇在云塔山下。

　　初时我尚有些踟蹰，毕竟数年未见，早已物是人非。友人又比以前黑了很多，我生怕自己看走了眼，空欢喜一场，但幸好没有。

　　我二人他乡遇故知，并没有欣喜若狂，抑或"执手相看泪眼，竟无语凝噎"。只是简单地寒暄几句，然后来一个礼貌的拥抱。我们轻轻拍打着对方的背，但很快又分开到一个相对安全的距离。

　　这是下意识的试探，因为我们都心知肚明，生活已经无情地将彼此都改变了很多。

　　我们之间感情如故，举止也体贴得当，但可说的话并不多。

　　时间的风刀霜剑在我们身上都刻下了难以磨灭的印记，

他说我瘦了，我笑他黑了。

被问到为何出现在此地，我说是为了还愿。

我来云塔山是为了多年前的一个梦想，我曾在年少轻狂时想过在云塔山下开一间书店。山顶有云，山上有塔，山间有树、泉和雨。我就靠着书店的窗点一盏昏黄的油灯，在影影绰绰的光里，放任灵魂行走在墨色盎然的世界里。

然而可笑的是，我从未来过云塔山。

友人知道我的这个梦，他为此曾无情地嘲笑过我。

他说你养不活自己的，你的书店很快就会倒闭。

我嘴上不说，可心里却不以为然。来云塔山的都是高人隐士，能不到我的书店来看看？

可后来云塔山遥遥无期，书店更是痴人说梦。

这些年少时的痴心妄想，都在时间长河里逐渐被泥沙埋葬。我们也各自为生活开始奔波，联系日渐稀少，终至音信全无。像两条相交的直线，从相遇的那一刻起，就注定了在分别的路上越走越远。

而在此时此地的不期而遇，究竟是云塔山的精心安排，还是命运的嬉皮笑脸呢？

友人对我的答案很是吃惊，看得出他的情绪亦喜亦悲，他追问道："你真在这里开书店了？"

我摇摇头。

便听到一声轻叹。

我们心照不宣地没有将这个话题继续下去，而是东拉西扯地说起以前在一起时的那些糗事来。这是我们逐渐干涸的交谈中为数不多的救命稻草，当再也找不出共同的记忆时，这次偶遇便要画上一个无可奈何的句号了。

我们极力想要证明给对方也证明给自己看，即使时隔多年，我们之间的感情也依然能保持鲜活和饱满，我们都没变。尽管我们用尽全力，想要维持住彼此之间其实早已虚弱无力的友谊，但终究还是无话可说了。

"你来这里做什么？"在预感到离别的时刻即将到来时，我终究还是忍不住问了出来。

"我啊……"他口中含糊其词了一阵，却始终没有说出个所以然来。

他努力用一阵干笑掩饰着自己的尴尬，我也配合着大笑起来。

我不甘心地追问道："那你还记得你那时的梦想吗？"

"记不清咯。"友人缓缓地摇了摇头。

他对年少时的梦想避而不谈，我们突然无话可说，顿时陷入一阵让人难堪的沉默中去了。

"那么……"他伸出手来，"就此告辞了。"

我用力握住他布满老茧的粗糙大手，礼貌地祝他一路顺风。

他的喉间动了动，似乎想再说些什么，但终究都吞了回去。

我们就此别过，像两朵擦身而过的云。它们带着各自的泪水，带着曾在同一片湖泊里的遥远记忆，走向天各一方的必然结局。

然而我知道，我们伸出手来想要握住的，是那些早已破碎的梦。

我依然清晰地记得，在那个被路灯染得昏黄的遥远的雨夜里，他附在我耳边神秘兮兮地小声道："云塔山，我要做个隐士。"

二　断章

从云塔山回来后，我大病了一场。

也许是山岚湿冷，雾气迷茫，也许是山风凛冽，霜花凄凉，也许是山岩冷峻，溪水惆怅。总之云塔山一身冷味。远望时婷婷袅袅，柔情似水；等到走近看时，才发觉它的冷不可阻挡。纵有鸟鸣溪涧、草木招摇，依旧苍凉逼目。

云塔山，若说它冷漠，倒也失之偏颇。毕竟它一贯欢颜笑对人间客——雨雪天气是极少见的，风和日丽才是其一贯的姿态。可你若是想和它亲近亲近、一诉衷肠的话，那倒真是打错如意算盘了。我越走近它，越觉得它一身冷味。为山千仞，冷眼万里。

于是我逃之夭夭，在云塔山上开书店的梦想自然也随之泡汤了。

回家后我将自己关在房间里整日闭门不出，妻怀疑我在云塔山上撞了邪，于是小心地询问云塔山之行的情况。

我哆哆嗦嗦地讲了一下，都是些只言片语，实在凑不出个前因后果来。妻看我言辞闪躲，心下自然更加不满，便誓要盘问出个子丑寅卯来。旧患未消，新伤又添，我哪里能够承受，只觉得心里惨惨戚戚。妻的关心变成压力，关切转为纠缠，我在云塔山上本已破碎的心，再次不堪重负，碎了一地。那屋外的一夜凄风冷雨，呜咽不止，更平添了我的愁绪，怕是要彻底搅碎我的希望才肯善罢甘休。

云塔山上的不期而遇，我和友人的面目全非让我耿耿于怀。那时我心中既内疚又恐惧，云塔山在我眼中由朝拜圣地变成了洪水猛兽，它的清冷高洁数千年未曾改变，实在是让我这位在红尘中颠沛流离的"负心人"自惭形秽。于是在它的怀中，我就像个赤身裸体的丑陋孩子，在数十年的自欺欺人里，突然寻到了一面锃亮的镜子。

撕心裂肺。

妻看我整日里神情恍惚，终于心生不忍放弃了对我的盘问，转而对我嘘寒问暖起来。我受宠若惊，一时得以解脱，却又有虚不着力的感觉。这一张一弛间，我对云塔山也由爱生恨。

它点醒我的丑陋，又无情地将我抛弃于时间无垠的荒野，借后者的手把我狠狠撕裂。它越高洁，我越屈辱。遥望着云塔山的亘古未变，我虽心有不甘，却终究只能坠落在烟尘里伤心欲绝。

云塔山，好狠；我，好恨！

我终究抵不住这般折磨大病了一场，高烧持续数日不退。妻慌了神，特意请假回家陪我去医院挂水。我神情委顿，憔悴不堪，云塔山之行我没有撞什么邪，却真的丢了魂。恐怕得将息很久，才能除去这病根，除去我心底密密麻麻、形形色色的恨。

在医院住了半月光景，妻每日都来照顾我。我的身体渐渐康复，便将云塔山彻底抛至脑后了。

回到家后，我们在门廊里看到一个包裹，这包裹上并无寄件人的信息。妻心下大奇，一把抢过来拆开，接着竟发出惊呼声来。

我循声望去，只见她手中拿着一张照片，照片上正是我和友人面带微笑握手告别的瞬间。而我们身后的云塔山，风姿绰约，静默不言。

我和妻相对无言，接着都扑哧一声笑出声来。

这云塔山还真是"阴魂不散"，好在这一季凄风冷雨都已过去了。

三　未选择的路

从云塔山回来不过半年，我心中的思念一日甚于一日，以至于整日茶饭不思。

妻看出端倪，劝我过些安稳日子，不要再出去到处乱窜乱撞了。

可我心中燃着的那团火，却在云塔山记忆的余晖里越烧越旺。

毕竟，那是我未选择的路啊。

妻看我不听劝，居然开始和云塔山争风吃醋，她越发强势起来："我不管，这次你必须听我的。"

我觉得她在无理取闹，她觉得我自私固执，我们开始互相看彼此不顺眼。

我着实不是个明晃晃的小人，若果真是了，倒也卑鄙得干净利落。

可我更算不上那云塔山雾气里藏着的君子，不食人间烟火，不被欲望拖累。

总之我的犹豫伤人伤己。

妻终于受不了，对我下了最后通牒：云塔山和我，你只能选一样！

我沉默了。

她很要强，也很优秀。但这世间没有十全十美，她的优秀我固然欣赏，可她的强势也压得我喘不过气来。更让我无可奈何的是，当妻有时在这种强势里加上幼稚的调味品后，简直就像水滴进了滚烫的油。至于我的理想主义，更是将双方都推入了窒息的深渊里。

而云塔山，俨然成了压死骆驼的最后一根稻草。

分居的设想是谁先提出来的，我也不能确定。好像某一天早上醒来，我和妻二人就不约而同地想要分开一段时间。

给彼此一段时间充分冷静一下，在完全的自由里面对自己真实的内心。

走，或留。让时间来试驾。

濒临破碎的感情，通过这种别人看来或许难堪的方式维持着最后一线。

一切都顺理成章，妻带着两个箱子，当天下午就风风火火地离开了，像逃出笼子的百灵鸟一样。

云塔山是我未选择的路，而分居也是妻未选择的路，不过这次她选了。

她是否雀跃我无法知晓，但我是欢欣鼓舞的。我或坐或躺，我想怎样就怎样。我一脚将地上的拖鞋狠狠踢到墙角里，一会儿在沙发上睡成个"一"字，一会儿在床上躺成个"大"字。

我简直开心极了，心底些许的失落和担忧也被放飞自我的快乐冲淡了。

但没几天我就没这么潇洒了，以前回来都有热腾腾的饭菜放在桌上，现在只能一个人面对清锅冷灶。

当我深夜奋笔疾书，再也没有人给我端上一杯热茶，也没有人一次次催促我早点休息了。

在深夜里，那台灯的光亮如炙热而疲惫的眼，死死地盯着我。我一遍遍地思考妻和我的关系，以及她之于我的意义。

她是我的妻，也是我的朋友，但她想要的远不止这些。

她要做我的灵魂伴侣。或许，她只是有些焦躁了，急于要跟上我精神的脚步。

当她深夜静静地坐在一旁陪着我，我未曾注意过她嘴角的浅浅笑意；她已经不那么年轻了，可她依然将自己收拾得端庄动人；她从未说过爱我，可那眉宇间都是满溢的爱意，像润物无声的春雨，淋淋漓漓。

我总说她不懂我，可我又何时真正懂过她？

又这般混过了数日，我每时每刻都活在煎熬里。

出门将钥匙忘在家里，到了公司想起太阳能热水器的水没有关，林林总总一团乱麻。生活突然变得充满了恶意，我搞砸的这些事，以前都是在妻的提醒下去做的。

已经依赖了，已经习惯了，也就忘了她的好了。

所有的习以为常都被时间扭曲成毫不在意，而此刻的漫不经心也会收获将来的后悔莫及。

于是，生活狠狠地给我当头一棒，好提醒我妻的存在。

而她的强势，也与我挤占了她作为一个女人的空间有很大关系，我在很多应当承担的责任上缺位了，才导致她身不由己地强势起来。

我有些想她了，心里暗暗盘算了千万遍，电话只要打通就好，但不必也不可跟她说话。

如此，便恰到好处。

我犹豫了很久，终于还是拨出了妻的电话。就在我忐忑不安的时候，电话那头却传来"空号"的提示。

我一时间有些蒙了，脑中一瞬间闪过千万种念头。

她来真的？

许多谜题似乎都真相大白了，难怪她走得如此坚决，也如此轻易。就像云和天空作别，话音方落，转瞬滂沱。

此次分居只怕蓄谋已久，妻大概早就厌倦我了吧。她顾及我的面子，没有提出离婚，便借着分居的由头就此远走高飞吗？

我越想越害怕，思念的草方才萌芽，便被恐怖的冷霜扼杀了。

可当我冷静下来后，我又开始担心起来，不是担心妻远走高飞，而是担心她是不是遇到了什么危险。

于是我疯了一样出去找她。

四　烟之外

凌晨四点，我套上一件大衣，独自走出家门。

抬头仰望天空，只见一轮皎洁的圆月高悬天际。此刻天上月是远离尘世的眼，清冷幽远。月色清亮迷离，月光从云间洒下满地的斑白，如流淌的水波连绵不绝。这水波静谧无声地流进千家万户，翻墙垣、过门楣、穿窗牖，在床前洒落成一地想念的白霜。照进古巷，照进钟楼，照进老水井，也照进有人哭有人笑有人闹的梦里。

夜色为经，月光成纬，便将这形形色色、深藏于心的喜怒哀乐都一网打尽。

可还有月光照不到的地方？自然是有的，那些残垣断壁间，那些桥洞下废屋里，多的是月光不忍揭开的伤疤。这是我身处的这座城市的切肤之痛。

凌晨四点，万物入眠，可我正独自一人行走在大街上，眼前这座熟悉的城市突然在此刻变得无比陌生。凌晨四点，是一个城市最疲惫的时刻。白日的喧嚣全无，没有人声鼎沸，也没有车水马龙。有的只是满目的空旷和凄凉，此时月亮忽然被云层遮蔽了，这城市瞬间暗潮涌动，而我是仓皇逃窜在最前头的那一朵浪花。

黑暗中的我如同游魂，不知道该往哪里去。幸好还有路灯，依然忠心耿耿地在原地坚守着。但昏黄的光圈外黑暗和阴冷蠢蠢欲动，只怕我一个不慎就要被那藏在暗处的恶魔掳去。但我料想它们不会这样做，因为我是一个没有"魂"的人。我的"魂魄"，早就被我分居后失联的妻偷走了，至今未曾归还。

我站在凌晨四点的街道上，一边想着妻会在哪里逗留，一边冷眼看着许多落叶在街道上打着旋儿来回飘动。还有路边的草坪上面，散落着大量的竹签和塑料袋，在冷风里不住地滚动着，想来是烧烤摊撤退后留下的杰作。我突然感觉自己和这座城市合二为一了，我以一个旁观者的角度冷眼看着此刻发生的一切。虽然我所能感知的只有我眼前这一小块，但并不妨碍我以一种遗世而独立的姿态去思量正发生的一切。这城市白日里的热闹或许只是迷惑人心灵的幻觉，而此刻的冷冷清清才是背后的真相。如同庄周梦蝶，孰真孰幻，都再无安宁。

凌晨四点，四周一片安静。凭耳细听，似乎有声音。除了偶尔响起的沙沙风声，还有这城市呼吸的声音。那是一种血脉翕动的感觉，有声音从地底传来，融进风里混成一团。但我感觉这座蜷缩在黑暗中的城市渐渐苏醒了，在这黎明前最黑暗的时刻，我站在这座无比熟悉却又陌生的城市面前，看着它打了个丑陋而疲倦的哈欠。

雾气渐浓，如蛛网纠结成一团，又如同棉花糖一般在街道上滚动起来。冷意弥漫，寒潮涌动，这座城市和我一道打了个冷战。这是彻骨的冷，与其说是冷，不如说是寒。此时月光孤寂，也很不识趣地在这寒冷的琴弦上弹拨了一下。

洋洋洒洒，如沙似水。天上月轮，地下孤魂，这一遭全都吞语闷声。只把这一地月与霜、雾与白，化作黏稠湿润的墨汁，在这空旷的街道、无声的城市里涂写出一个大大的"生"字来。

生命、生活、生存，都在这凌晨四点的陌生感里悄然遁去。我身处其间，无处可去，所以无比痛恨。恨这不期而遇的生分让我迷失了自己，也看清了自己；恨这不可言说的安静，让我觉察到自己以及这个时代的脚步踉跄和伤痕累累；恨这沁入骨髓的寒冷让我无处可去，让我从存在的意义里打出了一个不及格的低分。

可我也因此庆幸，因为无论如何，此刻这是属于我一个人的城。

凌晨四点，虽然残忍，却也无比真诚。

在凌晨四点的城市，我去了很多拥有我们共同回忆的地方，最终还是一无所获。

我满身疲倦地回到家里，像个迷路的孩子一样魂不守舍，却又带着丝丝怒气睡去了。

梦里的月色、草木、雾气和竹签都渐渐模糊，只有大喘的气、跳动的心、背上的汗和脚下的泥越发分明。妻也突然出现，看了我一眼便沉默着转身离去了。我伸出手去拉她，却抓了个空。我使出吃奶的劲，急得满头大汗，却始终还差那么一点儿距离。

眼睁睁地看着她再次离我而去，我猛然惊醒，却再也无法入眠，只能呆望着天花板出神。

我开始整夜整夜地失眠，终于还是暂停了手头的工作，带着不安和不甘不分昼夜地出去找了十几日。我还给她所有的朋友和亲戚不断地打电话，小心翼翼地旁敲侧击，然而结果还是音信全无。

当火的热情都耗尽，于是只剩下柴的心灰意冷。

不管我多么思念她，既然她已下定决心要躲着我，那我何必还要再自讨没趣呢，成全她就好了。

五　春逝

我和妻分居失联半月后，没料到妻突然给我打来电话。

看着手机上的那个陌生号码，我毫不犹豫地摁掉了。日常的琐屑已经耗尽我的心力，实在不想再与这世界凭空生出些多余的枝枝权权。

但这个陌生号码锲而不舍地打过来，刺耳的铃声搅得我心神不宁，我摁掉几遍后好奇心终于占了上风。

我把手机凑到耳边，没好气道："喂，你哪位？"

让我始料未及的是，电话那边不是骗子，而是一个怒气冲冲的女人。

"你这个混蛋，居然一直挂我电话！"她的声音隔着听筒传来，仿佛带着湿漉漉的气息。

我愣了好一阵子，才有些不敢肯定道："是你？"

她的声音分明已经带上几分幽怨了："要不然是谁，你外面果然有人了。"

我努力让她在电话那头感受到我的冷笑。

她沉默了一阵子，我一度以为她要挂掉电话了，但她没有。

"为什么不给我打电话？"妻质问。

"为什么要偷偷换号码？"我反问。

这样的交流是注定得不到想要的答案的，唯一的收获也不过是看起来体面的两败俱伤。就像两头各执一端的倔驴，它们埋头向前拼命拉着身上的绳子，越努力越伤害彼此。

妻的声音变得有气无力，像夏日清晨湖面上蒸腾的水汽，纵使在荷叶上凝成露珠也依然身不由己。她说："我想要完全放空自己，让你找不到我。因为听到你的声音，我就难受。"

"嗯……"我含糊地回应着。

妻犹豫了片刻，终于还是袒露了心迹："我打电话来，是想给你一个交代，同时也是给我自己一个交代。"

此时窗外秋风萧瑟，枯枝败叶凌空乱舞。我走到窗前，看到远处的公园里一潭寒水被风吹皱，岸边的一排梧桐在湖水里飘落无数秋梦。那些染霜的枯草披离于野，杂乱无序地或躺或站，倒将夹杂其间的几朵菊花衬托得更加孤独。

看着眼前的秋景，我有些不安了，心里也空落落的。

我暗暗地想，这样的萧瑟里，妻是怎样熬过这半个月的呢？

妻见我不说话，便自顾自道："一起走过五年了，你的好，我始终都记得。或许我不该那么强势，经常对你无理取闹。"

我有些不知所措地听着，我的理智提醒着我过去所受的伤害，但我的身体却像着了魔一般完全不听使唤，我讷声道："我也不该那么严苛，总是对你横加指责。"

妻幽幽地叹了口气。我仿佛看到几根冰冷的手指在拨弄着她情绪的琴弦，成了呕哑嘲哳难为听的曲调，千言万语都无声地发酵在这声叹息里。她猛然打开自己的心扉汪洋恣意，又突然缩成一条小溪流百转千回。

她在等，等我说。

可我的自尊折磨着我，我不想再一次"五体投地"向她的温柔乡。

无所谓对与错，曾经的一切如同蚕丝蛛网将我裹得喘不过气来，过去的我将此刻的我狠狠推了个跟跄，他在我耳边吼道：你快说！

"放过我吧，让我一个人独自开放。"我强撑道。

妻愣住了，我隐约听到了她低低的啜泣声。

"我见过凌晨四点的城市，所以……"我尽量控制着自己，可声音还是有些颤抖起来。

她猛吸了一口气，带着明显的哭腔道："如果……"

我痛苦不堪地闭上眼去，两颗泪珠顺着脸颊滚下："不必了。"

对于我的决绝，她的反应却出奇的平静，并没有像往日那般声嘶力竭。

她的声音像极了云塔山上缥缈的青烟，那是悠远而空灵的述说：

如果你愿意，我可以永不再出现，也将枯萎我的思念；

如果你愿意，今生今世我不再想起你，除非在雨夜里；

如果你愿意，请再说最后一次我爱你，从此绝口不提。

我仿佛看到了民国水墨画里走来的女子，她用手中的毛笔蘸满墨汁，和着眼泪，纵使心中有千般不舍万般不舍，依旧仪态端庄地写下爱恨交加的七个字来：

你若无意我便休。

她接下来的话像一条汹涌而来的河，从听筒的彼端猛烈地冲击着我干涸的心田。我感觉自己像一颗泡发开来的种子，外表看似坚硬，内里却已经变得无比柔软。

"我还会打电话给你，是因为我见过凌晨四点的你。"

雪

今年的雪，来得那么突然。

白茫茫一片，大地银装素裹，满眼望去全都白了头。石桥下流水依旧潺潺，细碎的雪屑打着旋儿，随着冰冷的河水缓缓向前流去。那些高矮不一、错落有致的树，都变成了身姿挺拔的哨兵，穿着一身白军装显得神气活现。连那些许久无人问津的断壁残垣也忽然旧貌换了新颜，在雪花的装点下变成了童话世界里神秘的古堡。

雪一直在下，似乎要把憋了一整年的热情和委屈，全都一股脑儿地发泄出来。纷纷扬扬的大雪下了一整夜仍然没有停止的迹象，道路上的积雪全都被压成了冰碴。上班的大人们骂骂咧咧，忍不住诅咒这该死的天气。可孩子们却很兴奋，在雪地里奔跑跳跃甚是快活。他们堆雪人打雪仗，滚又脏又大的雪球，甚至把手插进雪堆里比赛谁坚持的时间更长。他们笑着闹着，把所有的烦恼都抛到脑后，只享受着此刻单纯的快乐。

好一场大雪，把整个世界分成了大人的世界和孩子的世界。

这是并行不悖的两个世界。

但也有人忍不住捣乱，你看那个带着毛线帽子的老先生，年近古稀却也兴奋地在雪地里堆着雪人。他的脸冻得通红，和一帮孩子一起努力地堆出一个雪人来。他回到屋里拿来水桶和扫把，于是雪人有了帽子和手臂。孩子们围着他兴奋地雀跃着、尖叫着，老先生端详了一阵雪人，似乎还不太满意，转身又找来了围巾和手套。

这下，雪人也可以在温暖中度过漫漫冬夜了。

孩子们全都围着雪人兴奋地打闹着，老先生又拿来糖果分给他们。他们毫不客气地接过糖果吃掉，又"变本加厉"地想要更多。老先生无奈地笑笑，告诉他们糖果已经没有了。这些孩子顿时一哄而散，而老先生则站在雪人旁边满脸慈爱地看着他们笑闹着远去。

有大人来到孩子的世界，也有孩子来到大人的世界。那是一个年方豆蔻的小女孩，她穿着一件旧棉袄，手中拿着一堆闪闪发光的气球，在大街上叫卖着。街道很亮，可她却看不清前方的路。她似乎很冷，走路时缩手缩脚，可吆喝的声音却出奇的响亮，完全没有同龄人应有的羞涩，想来是习惯了吧。她沿街叫卖了一阵，并没有人光顾她的买卖。雪依旧不知疲倦地下着，她沿着长长的街道孤单地走着，很快就被雪花染白了头。

她奋力向前的脚印，都被雪花悄悄掩盖了。不知不觉中，她竟走到了一个雪人的身前。这个雪人有水桶的帽子、扫把的手臂，还有长长的围巾和精美的手套。她呆呆地看了一阵，从手上的气球里选出一只系到了雪人的手臂上。

这下更美了。她心下想。

她突然感到很快乐，竟开心地唱起歌来。

虽然她没有遇到老先生和那些堆雪人的孩子，但他们明显都来自同一世界。

没有人知道发生过什么，只有雪人目睹了这一切。

这是个温暖的雪人，但它的心里却很难过，因为它知道自己很快就会融化。

而这世界上最美好的那些心灵，也将随着它的融化烟消云散。

所以它拜托善良的雪花记下这一切，记下这一天这一夜，这所有的琐屑和细节。

因为雪花明年还会来，可它却不在。

仰望星空的孩子

不知从何时起，我就告别了星空。

依稀记得小时候那些闷热的夏夜里，我们一家人常把凉席和凉匾搬到平房顶上。我和姐姐在凉匾里嘻嘻哈哈打闹，直到父亲搬了小板凳和小桌子过来，我们才停止吵闹。桌子上常常放了西瓜，我总是第一个抢过去，拿了最大的那片就狼吞虎咽起来。

那时候的西瓜没有现在甜，但是入口有一股淡淡的清香，像风的气息在口中弥漫开来。父亲摇着蒲扇，笑着看我和姐姐嬉闹，和母亲有一搭没一搭地闲聊着。

母亲不常来，她的事情最多，先要洗了锅碗，然后是衣服，接着要扫地拖地，有时候还要织毛衣，甚至弄点小手工补贴家用。

为什么在夏天就要准备冬天穿的毛衣呢？这是年少时一直萦绕在我脑海里的未解之谜。

我从来不去问，也只是看到母亲打毛衣时才会有这样的疑问，更多时候我只顾吃西瓜，哪里会管这些无关紧要的事情呢。

我们吃完西瓜继续追逐玩耍，父亲总会在此时站起来制止，防止我们失足从房顶上摔下去。姐姐总是乖乖听话，而我顽劣不听，父亲被惹急了，经常会动手打我。多次挨打后，我意识到这是一条不能碰触的红线，也就学乖了，每次吃完西瓜就乖乖坐到板凳上去数星星。

那时候环境还很好，往往天清月明万里无云，穹宇中的星星也是粒粒分明，偶有飞鸟振翅而过，叫声沙哑。我看着天空中千姿百态的星星，不由心驰神往，浮想联翩。

父亲说这些星星都有名字，还教我识别星座。比如天空中有憨态可掬的大熊和小熊，有被称为"天氏四兄妹"的天鹅座、天琴座、天鹰座和天蝎座。我那时候太小，记不住这些，但对父亲却更加崇拜了。他说的这些，我一直记着的只有构成勺子的北斗七星，以及那颗勺柄旁的北极星。

他有时候会突然中断，大概是遇到了知识盲区，有时候会在第二天刻意纠正之前的说法。其实这些我完全不在意，当他指着满天星斗讲解时，我常常陷入自己的遐想中不能自拔。现在想来，父亲并非全知全能，甚至错漏百出，在劳作了一天后还要抽时间准备"功课"，他絮絮叨叨或许只是想和我多说些话。但我话很少，甚至烦他有些啰唆。就算听他讲话，我也是左耳进右耳出。

我分辨不出什么星座和星星，但我有一套自己的方法。最亮的那颗我命名为"太阳星"，北极星周围的几颗星星我统称为"北极卫兵"，并给它们随机编上 1 到 4 的编号；闪烁得最明显的则被我命名为"眨眼星"；对于星座的命名，更是让我感到无比的快乐，我从天空中找出了"香蕉星""帆船星""猴子星""书包星"等。

每一天星星的位置都有些变化，每一天它们都可以从我这里领取到新的"封号"。我像个帝王一样，趾高气扬地看着自己的臣民，指挥它们列队打仗，在脑海中享受着简单而持久的快乐。但我丝毫没有想当宇航员或天文学家的念头，相反我想当个作家，要为我命名的每一颗星星量身打造惊天地泣鬼神的故事。

夏天很快过去了，外面天气转冷，我们再也没有机会去屋顶纳凉。后来父亲失业了，维持生计成了头等大事，我们家的欢笑少了，我也再没有心思去看星星了。父亲压力太大，心情急躁而沮丧，竟毫无征兆地病倒了，这对我们这个家无异于雪上加霜。

母亲要照顾整个家庭，想尽办法维持生计的同时，还要兼顾繁重的家务，但她毫无怨言。

到了第二年夏天，父亲终于病愈了，但身体还很虚弱，平时走路都需要人搀扶。

有一天晚上，他突然对我说："你扶我到平房顶上去吧。"

我很奇怪，于是问他："你要干吗，上面风大，对你身体不好。"

他执拗地摇了摇头，仍坚持要上去。

我拗不过他，扶他到平房顶上。他的身体虚弱，腿脚无力，费了好大的劲才上来。

我看他满头虚汗，气喘吁吁，心里不禁埋怨他不爱惜自己，尽瞎折腾。

父亲却抬头看着天空，指着遥远的星河，感叹道："你还记得去年我们一起看星星的事情吗？"

我点点头。

他接着说："你要记着，无论以后怎样，这些星星都会一直陪伴着你，它们永远不会抛弃你。"

父亲干瘦的脸上带了笑容："你给它们都起过名字了吧？那么从此以后，它们就只属于你了，无论相隔多远，它们都会记得你。"

我的泪突然就下来了。

此后父亲身体康复，重新找了工作，我们家庭的境况一步步好转。

而今我已大学毕业工作很多年了，但不管何时何地，我从未和别人提起过我年少时的梦想。虽然我已离开这片星空太久太久，可我从未忘记那个闷热的仲夏夜里，父亲和我讲过的那些话。

当我再次回味时，我突然意识到，他才是那片星空里始终守护着我的——最闪亮的那颗星。我赐予那些星星姓名，只唯独没有给他姓名。

而他，却赐予了我一往无前的勇气。

过年回家的时候，我听人闲聊说村里的大傻死了。

我不敢相信，急忙跑回家确认此事。从家人口中得到证实后，我一时难以接受，百感交集。

大傻是我们村里的一个残疾人，具体年龄我不清楚，只知道四十多岁，却已经满头白发。他腿脚不好，常年坐在轮椅上，从我记事起就看到他倚着轮椅坐在一个斜坡上——那是我每天上学的必经之路。

"幺娃去上学啦？"他的声音洪亮而有特色，口齿也很清晰。

那时我总是微笑着朝他点点头，然后说一声"早上好"。

我敢断定大傻饭量一定很大，因为他说话中气十足。虽然腿脚不好要坐轮椅，但每次见到我他的腰都突然挺得笔直，整个人显得特别有精神，丝毫看不出脑袋有任何问题。

大傻这个称呼是怎么来的，我也好奇并问过家人，我母亲只摇摇头不说话。她反倒叮嘱我离他远点，说这个人脑袋有问题，激怒他可能会受到伤害。

我似懂非懂地点点头，却对大傻的经历充满好奇。

我绝不相信大傻会伤害我，况且他腿脚不便也追不上我，然而母亲的话还是潜移默化地对我产生了影响——此后每天上学我都远远地躲开大傻占据的那个斜坡，即使他努力地朝我打招呼，我也装作没听见，急匆匆地背着书包跑过去。

大傻知道我故意躲着他，也就不再跟我打招呼了，每天早上只是靠在轮椅上默默地看着我。又过了一段时间，大傻突然消失了——毫无征兆地彻彻底底消失了。

我奇怪了一阵子，便不再将此事放在心上。除了自然而然的好奇，我甚至对大傻还有点没来由的厌恶，毕竟谁会去在意一个无关痛痒的傻子呢？

转眼间大半年过去了，日升月落，光影流转，炎炎夏日也已换成了冰消雪融的早春。

我早已把大傻忘掉了，可谁曾想到，大傻又突然出现了。

依然是在那个树荫遮蔽的斜坡上，大傻瘫坐在轮椅里。他神情委顿，目光呆滞，原本花白的头发竟已变得雪白，整个人如同被抽去了生机一般。

感受到他的变化，我吓了一大跳。

看到我出现，大傻的眼珠突然动了一下，然而这生机只是极短暂地探出头来，接着又闪电般缩了回去——他下意识地想要直起身来，可刹那间便放弃了。

我从一旁小心翼翼地走了过去，生怕惊到了大傻，我对发生在他身上的巨大变化感到莫名的恐惧。可我明显多虑了，他的目光丝毫没有在我身上停留，仍然失了焦一般盯着虚空处。

晚上回到家我忍不住问起大傻的事情，但母亲不愿说。我死缠着她，她终于妥协，言辞间却颇为不耐："他儿子小时候发烧烧坏了脑子，后来他自己又拎不清，帮别人忙时摔坏了腿，这下老婆终于跟人跑了。他一个人腿脚不便，还要照顾一个小傻子，也是不容易。"

我惊得吐了吐舌头，我没想到大傻的经历这么坎坷。

母亲也是有些唏嘘："这打击也太大了，时间长了他自己也有点脑筋不正常了，听说还在家里拉屎尿……"

她叹了口气，摇摇头走开了。

这下我终于知道"大傻"这个称呼是怎么来的了，我知道生活不易，比如我们家条件也不好，但我绝没想到生活会对一个人下手这么重。

可别人的悲欢始终如同隔着一层玻璃，影影绰绰却根本无法感同身受。直到后来生活对我迎头痛击后，我才改变了这幼稚的想法。

下半年升学后，我不知何故惹到了学校里的一个"小霸王"，他纠集一帮"小太岁"三番五次找我的麻烦。我的学习和生活受到了严重的干扰，整日里心神不宁，提心吊胆。

我去找过老师，她安慰我但也表示无可奈何；我跟家人倾诉，他们倒觉得我大惊小怪，小孩子之间打打闹闹不是很正常吗？

于是我倍感绝望，好一阵子一直灰头土脸以泪洗面。

"幺娃，你遇到麻烦了？"我没想到的是，某天我放学时，一直被我忽视的大傻突然开口喊住我。

他的声音沙哑而虚弱，从斜坡上远远传来。他穿着一件带破洞的外套，衣服早已洗得有些发白了。

倾诉的欲望战胜了我内心的偏见和恐惧，我走到大傻面前，看着他满头的白发，又想到自己的凄惨近况，忍不住悲从中来。

大傻安慰我道："是不是受欺负了？被揍了就打回去，没什么坎过不去的。"

我摇摇头，委屈地哭了。

大傻无声地笑了，用浑浊的双眼平静地看着我。

他用粗糙的大手伸进口袋摸索了半天，接着拉过我的手，把一颗水果糖塞到了我的手心里。

"当你觉得生活太苦时，就吃颗糖吧。"他这样说着，自己的声音却突然哽咽了。

那是我与大傻的最后一面，此后我转学到外地，所有的烦恼都随之烟消云散，也逐渐把大傻给忘记了。

后来我才知道，大傻无故消失的那段时间，是为了料理自己孩子的丧事。他那个烧坏脑子的儿子，把铁丝插进了插座孔。而他没有钱举办风风光光的葬礼，加上腿脚残疾，也就只能草草地给埋了。

大傻一夜白头，他后来的死，也几乎是人人意料之中的事情了。

毕竟他把糖都给了别人，却从来没有人给他糖吃。

我没有告诉过任何人，在一个安静的傍晚，一个被生活百般蹂躏的"傻子"，曾偷偷塞给我一块糖——这实在，是一件不值一提的小事。

一颗鹅卵石的美好时光

一

在河边行走的时候，他无意中踢到一颗鹅卵石。

那是一颗半埋于砂土中的鹅卵石，此时飞射而出，撞上蓬蓬的乱草和脆硬的碎石，在一阵天翻地覆、石仰土翻后，滴溜溜滚进水里。冷冽的溪水很快淹没了它，耳边传来潮湿的呓语，似乎是溪流的轻声呼唤。

鹅卵石在溪水温柔的拥抱中逐渐坠落，终于深陷泥窝之中不能自拔。这里是溪流最丑陋和鲜为人知的一面，没有清澈和潺潺，只有浑浊和黑暗，更远离了天空、云霞和飞鸟。

就在它以为又要在孤独中度过余生的时候，一只胖乎乎的小手把它从水里捞了出来。

它看着他，圆圆的小脸、好奇的眼睛、兴奋的神情，留着男孩子标志性的平头。

他看着它，潮润的红色、美妙的心形、光滑的触感，藏着微小不易察觉的裂纹。

以后，你就做我的小石头吧。男孩说。

沐浴在绚丽的晚霞里，它第一次享受到了被人捧在手心里的感觉。阳光在此刻迷了它的眼，而它身上的水纹也将太阳的温暖投进了他的心底。

这是他们的初次相遇。说不上惊艳，带着些偶然，只是极平凡的一个傍晚，毫无准备的一次相见。

可对它来说，这一切却意义非凡。从剧烈挤压的岩块上破碎，经过千万年的山洪冲击、流水搬运，以及相邻石块不断挤压、摩擦，这非凡的磨炼终于抹去了它身上所有的棱角，让它变得圆润光滑。又和泥沙一道被深埋在地下沉默了数百万年，它的性格变得更加沉静和柔和。

虽与世无争，也再无期盼。

此刻它和他偶然相遇，在后者手里重获新生，于是它在患得患失里小心地藏好身上微小的裂纹。

他不知是没看见还是浑不在意，只是笑着闹着、跑着跳着，把它当宝贝一样带回家。

我就这样躺着，一直一直，直到在时间的长河里溺亡。

我日夜想念的那个人，此刻正躺在疗养院的病床上。他向来圆润有福相的脸庞，也在病魔的折磨下变得形销骨立。

有时天气晴好，护工会把他用轮椅推到窗前晒晒太阳。那时候，我会静静地看着他——我的视线越过披离的乱草和枯黄的树叶，投给他温暖的一瞥。可他感受不到我的存在、我的关注，他的视线没有焦点，只是散落在公园的这一隅，在行人和宠物之间不断变换。

只是他永远不会看到我。

他还记得我吗？他已忘了我吧？

可我永远记得他。人类的寿命太过短暂，在我亿万年的记忆里比不过萤火，可我始终记得他手心的温度，那是比太阳还要炙热的归途。

我日夜为他祈祷，希望他能早日康复。可他一天天消瘦下去，我知道大事不妙，因为他在窗口出现的次数越来越少。他的爸妈愁白了头发，同时出现在疗养院也越发频繁。

不知何时起，他已不在窗口出现了。似乎是嫌光线刺眼，甚至连窗帘都很少拉开，蓝色的窗帘如隐秘易碎的梦境入口，隔开了苦与乐、生与死。

我日夜守望，内心焦急无比，希望能够出现奇迹。在我亿万年的记忆里，沧海桑田几度更替，多少可能变为不可能，多少不可能又变为可能。

但残酷的生活鲜有奇迹，不知过去多少天，当蓝色的窗帘被再次拉开时，我看到了另一张憔悴的脸。

同样充满渴望，同样满溢哀伤。

石头会流泪吗？

世人无法回答这个问题，也不屑去回答这个问题。但这个问题对我意义非凡，在这个问题被提出的同一天，我便已知晓答案。

我不知道他在何时闭上了双眼，离开时身边又有谁在陪伴，他的神情是安详还是痛苦，我更不奢望他还能记起我——即使只是记忆深处的惊鸿一瞥。

石头没有遗憾，但人有，所以这也同样成了石头的软肋。

世人以为坚硬的碎石在水流和风沙的打磨下，才形成了鹅卵石圆润的身形。可实际上是见惯了悲欢离合的石头，在心里积存了太多的眼泪，终于有一天不堪重负，石崩土解。

二

它随他一道回到家中，这是一间很小的房子，年久失修，有些漏风。两扇老式的推窗放进几许天光来，当堂一张红漆剥落、怪模怪样的供桌，临门一张低矮不平的饭桌，木凳两把随意放着。

屋内是和深埋地底时同样的黑暗，却被透进来的天光照淡了。这熟悉的黑暗迎面撞来，让它有些慌乱，可从他手心里传来的温暖，却又令它沉醉而心安。

它在男孩家里开始了全新的生活。

他没有钱买玩具，平时就只能到处疯跑或者玩玩泥巴，于是这块心形的红色鹅卵石成了他的宝贝。

他爸妈每天都要出去打工，以前他就一个人出去疯玩。现在他抱着它，给它洗澡，陪它说话，分享一些藏在心底很久的小秘密。

他希望爸妈多陪他，可不出去打工就没钱买吃的。

他希望爸妈多抱他，可不出去打工就没钱买吃的。

他希望爸妈多夸他，可不出去打工就没钱买吃的。

他的话断断续续、絮絮叨叨，重复而无逻辑，它听不懂，但是极有耐心地倾听着。

它想，只要你愿意说，我就爱听。

但它无法回应，与亿万年的孤单时光擦肩而过，让它看起来显得如此面冷心硬。

可他偏偏读懂了它的心思，它不用开口，想说的话他都明白。

一个爱说爱笑爱闹，一个爱听爱想爱静。

真好。它想。

真好。他说。

他们两个成了无话不说的好朋友，每天都形影不离。

它有时候会默默地观察他的生活：

早饭不吃。

午饭吃个土豆。

晚饭也吃土豆。

他很懂事，会自己煮土豆。虽然不够吃，他很饿，也很冷，但很快乐。

他怀着所有男孩都有的英雄梦，在泥地上用树枝作画厮杀，于是有蹇跛的战马，扭曲的战士，破碎的武器。

穷开心呢。它想，自己却也笑了。

而他，把它放到国王的皇冠上，成为那颗宝贵的明珠。

鱼的记忆只有七秒，当一条鱼从溪流的此端与你相遇，到达彼端后就会把你忘记。人类的记忆长短不一，却总是从浓郁走向清淡，某一日忽然就忘得一干二净，甚至遗忘了忘记这回事。

所以这世间最奇妙的礼物就是让一颗石头爱上你，石头的记忆很长很长，长到可以和时间赛跑。流逝的被定格，易碎的被镌刻，连野蛮的往事也跟着变得无比可乐。

这世上有无数石头，却只有一个我；这世上有无数人潮，却只有一个你。

可我的生活还要继续，虽然心有所属，但却身不由己。

被人从景观池边重新捡起来，是一个穿着花裙子的漂亮女孩，把我装进兜里随她一道回家。

在那栋临水而建的豪华双层叠墅里，因为女孩对我的宠爱，我得到了无微不至的关怀。她妈妈用消毒液帮我清洗，洗了一遍又一遍，又用毛巾细致地帮我擦干身体。在女孩爱不释手地把玩了一天后，最终我被放进了一个小巧而精致的盒子里。

她每天上学前都来看我，放学了也来看我。

我从她口中得知，她的同学们都很羡慕她得到了一颗红色的心形鹅卵石。

她的语气中，透露出骄傲。

在不经意间，我居然成了她用来炫耀好运的资本。

于是我被带到学校，被一群孩子围观。在不同温度的手掌间被传递着，他们都对我充满好奇。

直到一个孩子偶然发现了藏在我身上的微小裂纹，大家的赞美很快就变成了嘲讽和奚落，女孩因此恼羞成怒。

那天放学回家后，装着我的盒子不知被她扔到了何处，我得到的宠爱戛然而止。

她显然很快就忘了我，或许她得到了新的洋娃娃。我对她来说，只是偶然捡到的一个新玩具，没有新鲜感也就可以丢了。

人类的记忆并不可靠，他们常常丢了自己、忘了自己，又如何能记得我？

我未曾感到失落，我的生活又重归黑暗，就像回到那亿万年孤单的时光里。

在度过这样漫长而无聊的盒中岁月时，记忆如纷乱的雪花扑面而来，裹着我逐渐睡去。

我很冷，即使被柔软的海绵包裹着，可还是没有丝毫暖意。

我就这样，冬眠在一条忧伤而没有尽头的甬道。

三

它以为可以一直陪伴着他，陪着他长大，陪着他变老。

可它似乎被这难得的温暖冲昏了头，忘记了那冷酷生活的真相。

那一天，生活终于撕下了岁月静好的伪装，毫无预兆地露出狰狞的獠牙。他在陪它玩耍时突然流了大量的鼻血，怎么止都止不住。看着他晕倒在地，它第一次痛恨自己只是一颗面冷心硬且无用的石头。

既给不了他帮助，也给不了他温暖。

送到医院抢救时，发现他得了恶性肿瘤，这对他本就贫困的家庭无异于雪上加霜。因为长期营养不良，他体内的癌细胞扩散得很快。

他爸妈只能轮流来照顾他，因为必须有一个人去打工维持基本的生活。

就在被病痛折磨得面无人色的时候，他突然想到了它。

此刻它在想什么呢，它有没有在想我？他苦中作乐。

此刻他在想什么呢，他有没有在想我？它心如刀割。

在他的央求下，他爸爸虽极不情愿，可还是勉为其难地回家把它带了过来。

他把它抓在手里，感觉心跳变得安定了。

它被他握在手里，感觉心跳变得慌乱了。

他感觉手里湿漉漉的，大概是紧抓不放让手心出汗了吧。

而他的眼窝却塌陷而干枯，整个人被病魔折磨得消瘦而枯槁。

请把给我的都还给你吧。它无比悲伤地想。

石头不可以伤心，因为眼泪通过裂纹流进心里，会让自己破碎。

可它知道，今日不流的眼泪，明天便再也流不出来；此刻该慰的相思，也难以用彼时的思念回味。

请抓得再紧些吧。它充满遗憾地想。

他的病情反反复复，化疗的效果也不太好。身体虚弱经常呕吐，他的头发也很快就掉了个精光。

我们现在可真像。他看着它，又看看镜子里自己的光头。

它觉得日子既长又短，记不清墙上挂钟的指针转过了多少圈。它习惯了凉凉溪水从身上流淌而过的感觉，青草的鲜味和泥土的腥味混在一起，让它感到神清气爽。可这房间里始终弥漫着一股淡淡的消毒水的味道，这让它非常难受。

还好有他陪着。它满是庆幸地想。

不知过去多久，随着一阵震动，盒子被打开了。我在惺忪中被一只厚实的大手给拿了出来，手的主人是一位满脸沧桑的中年男人。

他把我放在眼前细细端详了一阵，嘴里发出啧啧称奇的声音，然后他顺手把我丢进了鱼缸里。

我不知道在沉睡时发生了什么，总之我的冬眠突然被打断，重见天日时已到了鱼缸里。我看到了之前那个小巧而精致的盒子，此刻正脏兮兮地躺在鱼缸下方的垃圾桶里。

因我失宠之故，它也很可怜地被一同抛弃了。

我在鱼缸里开始了全新的生活。鱼缸里有五条漂亮的金鱼，其中一条红色的特别喜欢停在我身旁。大概是颜色相近的原因，它对我充满了兴趣。

可我对它没有丝毫兴趣，相反我对那个把我丢进鱼缸的中年男子很好奇。我已经习惯了去观察人类的生活——看他们的忙忙碌碌，看他们的喜怒哀乐，看他们的虚情假意。

可我始终看不到他们的笑容。落入我眼中的只有虚与委蛇的陪笑、皮笑肉不笑的假笑、无可奈何的苦笑，而这些都不是我想要的真正的笑容。

眼前这个男人披星戴月，回来时总是一脸疲倦。我不知道他以什么为生，总之他每天都回来得很晚，眼中布满血丝，坐在鱼缸前发呆。这些金鱼在他眼中，就是生命和活力的象征，也是他感知自己存在的符号。而他观察着鱼缸里这些金鱼的时候，我亦在彼处默默地观察着他，观察着这个沉默、呆滞且神秘的符号。

在呆坐半晌缓过神来后，这位我不知姓名的中年男子便会长吁短叹地摸出一台笔记本电脑来，噼里啪啦一直忙到半夜。很多次我从睡梦中惊醒的时候，那台笔记本电脑屏幕仍旧亮着，发出幽幽的光芒。

我知道，那是死神窥探的眼。

就这样过去了不知几日，鱼缸里的金鱼开始一条条死亡。先是小红静静地漂浮在我的身边，然后是剩下那四条让我分不清差异的黑色金鱼，一条条全都翻了肚皮。

虽然我和它们并不亲密，但仍然为生命突如其来的逝去感到悲伤。

他太忙太累了，已经很久没有打扫过鱼缸换过水了。

我对真相了然于胸，但他从来没有和我说过话，我该如何开口？

晚上回来的时候，他照例盯着鱼缸愣神。当他看到全军覆没的金鱼时，顿时倒吸了一口凉气。

他呆滞了片刻，突然一拳打在了鱼缸上，随着一声闷响，缸里的水剧烈晃动起来。

我就知道！这个疲惫不堪的中年男子收回手来，抱着头发出懊恼的声音。

他猛然抬起头，死盯着我。

四

他一度陷入昏迷，医院已经下达了病危通知单。

恶性肿瘤稍稍得到了遏制，可是并发症又来势汹汹。

进口药成了最后一根救命稻草，但是高额的费用实在不是这个家庭能够承担的。

主治医生是个矮胖的秃头，他早已见惯了生死，可眼看一个年轻的生命在自己眼前一步步走向毁灭，他还是承受不了。

希望就在眼前，却又欲渡无门；擦身而过，便是地狱永恒。

秃头医生把他爸妈喊到门外，说了些什么，接着传来了这两个心力交瘁的可怜人刻意压低的争吵声。

他在傍晚醒来了一阵，用虚弱的声音喊着要喝水。陪侍一旁的妈妈慌乱地擦干眼泪，急忙倒了水端过去，让他用吸管喝。

妈妈，我好疼。他勉力吸了两口，摇了摇头。

妈妈，我好难受。他枯瘦的脸上，大大的眼珠陷在深凹的眼窝里。

他身旁那个形容憔悴的女人一下子就崩溃了，她的泪珠砸落下来。

妈妈，我不治了。他艰难地伸出手，想要帮妈妈擦拭眼泪。

它看着这个女人握住他的手，在绝望中哭成了一个泪人儿。

而他，还在努力地挤出笑容，却又在疼痛中拧紧了眉头。

第二天他爸妈听从医生的建议办了出院手续，他被送去了附近公园里的疗养院。被抱上担架床的时候，他的手里还紧紧地攥着它。

他将在疗养院度过最后的时光。家里的情况他也心知肚明，这一次为了给他治病不仅花光了家里微薄的积蓄，还向亲戚朋友借了个遍，欠下了一屁股的债。

都怪我。他在痛苦中懊恼地想。

不怪你！它在心里愤怒地嘶吼。

不怪我，那又该怪谁呢，又能怪谁？他似乎听到了它的嘶吼，惨然一笑。

它无言以对，其实它的心里有些答案，但却不能说。

他颤抖着挪到窗前，窗外是萧条的秋景，不远处有一个人工挖出的景观池。枯黄的树叶旋转着跌落池中，昭示着生命走向终结。

我不想让你再看到我丑陋的脸。他在窗口站了一阵轻声说。

他颤抖着手把它拿到嘴边，轻轻用脱皮的嘴唇印了上去。

冰凉，温热。

来世，跟你一起做块石头吧。

撕裂，破碎。

它早已预感到这注定将要到来的别离，只能不甘地在心底默默祝福他。

石头不可以伤心，因为眼泪通过裂纹流进心里，会让自己破碎。

它牢记着这句传世久远的告诫，但泪水还是忍不住溢了出来。

它被他用力扔了出去，划出一道优美的弧线，最后跌落到不远处的景观池边。

他剧烈地喘息着，感到手心里湿漉漉的。

太遥远了，再也看不见了。

鱼缸里的金鱼相继死去，我成了罪魁祸首。人类真是个奇怪的物种。

他们撒谎、他们欺骗，他们自欺欺人却又故意对真相视而不见。

但石头永远不会这样，它们爱憎分明，并且生生世世矢志不渝。

当他带着恼怒把我从鱼缸的一隅捞出来，狠狠扔进垃圾桶里的时候，我的内心很平静，甚至还有点欣喜。

我不愿和他计较，因为在这小小的鱼缸里，我再次闻到了死亡的气息。而那，恰恰暗示着让我心怀恐惧的永恒分离。

所以能够逃脱这个鱼缸，即使被扔进垃圾桶里，我也心甘情愿。

但他、她和它能逃离各自的鱼缸吗，这世间又有几人能逃离自身所在的鱼缸呢？

我这样想着，却满怀期待，等着被倒出垃圾桶重见天日的那一刻。

可这一等待竟变成了永恒，始终没有人来倒垃圾。只在隐隐约约中，我似乎看到那台笔记本电脑的屏幕始终亮着。

被倒进垃圾转运车的时候，我回头看了一眼，是一个胖胖的环卫工。

那个中年男人哪里去了？这个疑问在我的脑海里不断盘旋。

也蛮惨，这么大岁数了还过劳死。胖胖的环卫工不知跟谁感叹了一声。

天旋地转。

我感到莫名的恐慌，似乎全世界都在崩毁。我不在乎时间的流逝，可我实在没法再承受更多的泪水了。

垃圾转运车在颠簸中带着我驶向垃圾中转站，我身旁躺着那五条曾相依为命的死鱼。

它们都翻着白眼，安眠在垃圾堆成的墓碑上，死死盯着天空。

那是一座虚无之碑，也是一座渴望之碑。

然而我又一次被欺骗了，垃圾转运车最终没有开到中转站，而是去了城外。我随着整车垃圾被直接卸在了小溪边，看着悠长的岁月始终流淌不息，如同眼前溪水潺潺向前。

几经周折，最终我竟又回到了当初和他偶遇的那条小溪边。我忍不住再次想起他，他当时一定是在垃圾堆里翻拣东西，伴着这样浑浊的溪水，我和他猝不及防地撞上了。

于是记忆的大门轰然洞开，回到了初次相遇的那个温柔的傍晚，那是让我此生最难忘却的美好时光——

天边有云有霞，溪边有石有草，我从黑暗中醒来，看到你纯真的笑脸。

我始终怀念。

一生之敌

你出生时，你父亲有些拘谨。

也谈不上紧张，总之生活里突然多了一个"混不吝[1]"的小东西，感觉怪怪的。

是一种说不上来的情绪占据了主导地位，你只管哭就好了，真是拿你没办法。

你母亲躺在病床上，她是剖宫产，不能操心过多，只能时不时扫一眼你所睡的小车。即使看不到躺在其中的你，她也会心安很多。你父亲开始跑前跑后，照顾大人，照顾小孩，端茶倒水，冲奶洗尿。

你的哭声就是发令枪，终点就是战斗到你不再哭为止，这中间的路程完全是一只薛定谔的猫。有时你的哭声会莫名戛然而止，你父亲带着茫然从忙碌中抽身而出，刚长出了一口气，你的哭声又如催人奋进的鼓点再次响起。

---

[1] 混不吝：北方方言，什么都不在乎，什么都不怕。编者注。

他带着焦虑再次杀进战场，为平息你的哭声绞尽脑汁。

你倒好，你只管哭就是了，你父亲和母亲拿你没有任何办法，你是他们无法偿清的债务。

虽然你带来了无穷的烦恼，他们也未必真的甘之如饴，甚至还对你颇有微词，但对你的感情却一日更甚一日。

把你抱起的时候，你是那么小一团，惹人怜惜让人心疼。你安静的时候，就像小天使一样可人，但下一秒你就可能突然变成磨死人不偿命的小恶魔。

你的小手软软的像个肉团，小脚丫子放在掌心里刚刚好，皮肤也吹弹可破，如同新剥壳的鸡蛋。有时候真的忍不住想摸摸你那可爱的小脸，但你母亲像只机警的母鸡一样时刻警惕着你周围的风吹草动。你父亲的"非分"之手刚刚伸出去，便得到了河东狮吼的待遇。

你父亲突然意识到自己在家庭中的地位再次下降了，如果家里再养上那么一只猫或狗，他就妥妥儿地被挤出前三名了。而你方一出生，就受到了最高规格的待遇，成为这个家庭里的无冕之王。

对你父亲来说，这真是一场赤裸裸的"灾难"。他深知每个男孩成长的过程，就是不断挑战父权的过程。他期盼着你长大，可你成长的过程，也是他被时间无情践踏的过程。

他不断地教育你、培养你，用尽浑身解数，想把你打造成他心目中最完美的样子。这同时也赋予了你更多的勇气和力量，在将来的某一天和他摊牌来宣示自己的成长。直到有一天你离开家远走高飞时，你父亲才得以抽身，远远地在身后关注着你、牵挂着你。

毕竟，你是他倾尽全力，用毕生心血为自己打造的一个一生之敌。

如同在波光粼粼的水面上投下的倒影，这真相无比接近虚幻，却又真实得有些残酷，甚至让人一时间难以接受。

如同今夜的月色一样，虽然知道每一天都是不同的，但在他的心目中，你是永远不会长大的。虽然他的思绪，早已跨越时间的藩篱，飞到不知何处去了。

你父亲的嘴角突然带了笑意，看得你母亲有些迷惑。他竟开始盘算着，等你结婚时要给你买辆什么车，即使你才刚刚出生不久。

但他转念一想，等你长大了，他大概也就成了你眼中跟不上潮流的老古董了。彼时你的审美和志趣与他已经截然不同，他所钟爱的车，在你眼中也许会土得掉渣。

想到这里，你父亲也有些难过，但他来不及多想，因为你又开始哭了。

游舟曲杂想

一　初遇

初遇舟曲的时候，她美得着实让人心疼。

那是一个迷人的傍晚，舟曲像个穿着碎花裙子的漂亮小女孩，笑语吟吟地走到我的面前。波光粼粼的白龙江如同一根银色的缎带被她系在腰间，彼时余晖洒落江面，半江瑟瑟如碧，半江腾腾似火。两岸杂花旖旎蛮藤招摇，将她的裙摆点缀得五光十色。

舟曲步伐轻盈，走到我的面前。那对眼眸柔情似水，流淌着拱坝河和博峪河的清澈水流。她落落大方地伸出手来，带着拉尕山温暖湿润的气息，说道："欢迎你。"

此刻我站在她面前，看着她裙裾飞扬、飘飘如仙的模样，心中不免又喜又忧。

喜的是，那残酷的过往没有打倒她，反而让她变得更加坚强和美丽。

忧的是，我只是个过客，相遇便意味着离别的时刻很快就要到来。那美得让人心醉的舟曲，才遇见，便思念。

二 前世

战国末期，秦灭楚，定陇西郡，始有羌道，含舟曲在其中，遂入秦域。

后汉武帝改道为县，至蜀汉姜维，纳舟曲为扩兵屯田之所。

三国归一，西晋司马炎废羌道县，立武都郡，后舟曲数易其主。

隋炀帝重开武都郡，然唐初废郡置州以州领县，舟曲为宕州治下。

唐末至五代，乃陷于吐蕃，后收归宋。

自元以来，舟曲境为阶州辖地，明、清二朝仍效前法。

民国治下，则属第八督察区。

时光飞逝，星移斗转。中华人民共和国成立后，始有舟曲县。

因境内有白龙江，藏语称为舟曲，遂得其名。

三 今朝

顺着九寨沟北上便可至舟曲。

母亲河黄河流经此地时，突然一个回弯，形成了秀美绝伦的"天下黄河九曲十八弯"之首曲奇观。舟曲地处南秦岭山地，得天独厚的环境孕育出了秀美绝伦的自然风光——翠峰山、沙滩森林公园、龙王沟和博峪梁等。

除此之外，还有闻名世界的夏河拉卜楞寺、卓尼禅定寺和碌曲郎木寺等一百多座藏传佛教寺院。沿着时间溯流而上时，我还找到了红军长征途经的天险腊子口、俄界会议遗址等十多处革命历史遗迹。

舟曲不光表面看起来美丽动人，还是个知书达理的好姑娘。她是享誉中国的楹联文化县，还有东山转灯节、巴寨朝水节、博峪采花节、天干吉祥节、坪定跑马节、正月十九迎婆婆和元宵松棚楹联灯会等民俗节庆活动。

奈何天妒红颜，虽然面前的舟曲柔美动人，有着"陇上桃花源""藏乡江南"的美称，但我知道她其实命途多舛。

"5·12"特大地震和"8·8"特大泥石流灾难，给舟曲造成了难以磨灭的巨大创伤。很多人都怀疑她还能不能再站起来，但舟曲人民拥有不畏艰险的伟大品质，用智慧、汗水和互助胜利完成了繁重的灾后重建工作。经过努力奋斗，舟曲重新焕发出了勃勃生机。

如今的舟曲，经过精准扶贫、环境卫生治理和生态文明小康村建设，文化旅游蓬勃发展，人民生活水平也得到了极大提高，展现出了昂扬向上的精神风貌。

过往多坎坷，幸好有今朝。

雨

这条街道上车水马龙，热闹非凡。

此时日方初落，正是下班回家的高峰时期，天空中却蓦然下起雨来。

这场雨毫无征兆，却温柔含蓄。亦丝亦点，缠绵悱恻，倒好似不愿离开云的怀抱一般。雨此时余情难了旧恨未消，只顾着与云爱恨纠缠，也无暇顾及其他。

一时间雨和行人都相安无事，众人没有受到任何影响，街道上依旧人来车往川流不息。

但只片刻，雨便满腔愤恨地和云决裂了。她心情低落，恣意放纵，一直喝到酩酊大醉方才作罢，雨的脚步顿时显得有些踉跄和飘忽起来。一直暗恋着雨的风见她意志消沉，便陪她嬉戏玩耍，只盼着她能够早日振作。

雨被风牵着小手，只轻轻地一兜一转，她那透明的小裙子便碎成了一堆四下乱窜的水沫，半空中顿时腾起一片泛白的水雾来。风和雨越转越急，雨尖叫连连，连气都快喘不过来了。

这样玩耍了一阵，雨感到很快乐，但同时也有些厌倦。它开始顽皮地亲吻路上那些麻木而行色匆匆的脸庞。她小心翼翼，想要帮他们拂去衣服上的浮尘和满脸的倦怠。

路上的行人顿时感到一股股凉意在脸上绽放开来，裹挟着风的气息和泥土的腥膜味。他们抽了抽鼻子，顿时一个个脸上都泛起急躁的神情来，不自觉地加快了脚步。

雨有些迷惑不解，同时也暗暗有些恼怒起来：自己的一番好意，为何却偏偏无人能够理解呢？她在微恼之际轻摇裙摆，半空中便不断有调皮的水沫生成。那些水沫你推我搡，争先恐后地钻进行人的脖颈之中。它们嘻嘻哈哈，在温暖的脖颈间挤作一团，只打闹了片刻便都化作点点冰凉的水迹沉沉睡去了。

那些行人顿时感到一阵冰冷在脖颈处弥漫开来，都下意识地缩起了脖子，浑身也都是一阵哆嗦。

雨见此情景满心欢喜，她误以为这是大家喜欢她的表现。她欢欣鼓舞，急忙拉上风，更加殷勤卖力地想要替众人濯洗尘埃。风看在眼里，心中自然是透亮分明的，但却不能明说。谁让他一直宠着雨呢，所以此刻只能听之任之了。

霓灯初起的大街上顿时响起一片惊呼声来，一时间不管男女老少，全都奋力地朝前跑去，丝毫不顾忌雨在他们身后投下的凄惶呼喊和乞求目光。

雨看在眼里，一股怨恨之情油然而生，只一股脑儿地将满腔怨气发泄到众人身上。天地之间只顷刻就被白茫茫的一片雨帘完全遮蔽住了。雨砸在透明的玻璃上，乒乒乓乓响成一片；落到破旧的青瓦间，滴滴答答连成一线；滚进泥泞的水潭中，毕毕剥剥荡成一圈。

风倒不出声了，只在雨的身后默默看着。

而路上的行人也随着雨的恣意妄为变得疯狂起来，一个个都停下了匆忙的脚步，蜂拥着往街道两边的屋檐下躲去。一时间碰撞声、吵闹声、嘶喊声和咒骂声此起彼伏，声浪将那五彩的霓虹灯光都给淹没了。

这样发泄了半个多钟头，雨终于有些疲倦了，她的心情也终于平复如初。雨百无聊赖地看了众人最后一眼，便在风的怀抱里沉沉睡去了。风看着熟睡的雨，就像看着一个可爱的小孩子一般，露出宠溺无比的笑容来。

一时间风停雨霁，天空中的云也消散无踪了。没有了雨的胡搅蛮缠，似乎连街道上的霓虹灯也挺直了腰板，变得更加亮堂起来。整个街道的路面此时泥泞不堪，无数的大小水潭反射着霓虹灯五彩斑斓的颜色，在昏暗的夜色中倒显得白晃晃的一片。

而一直躲在屋檐下的一众行人，也纷纷长出了一口气，都从屋檐下钻了出来。他们不顾溅起的浑浊水花弄湿了裤脚，深一脚浅一脚地踩着水潭，一路骂骂咧咧地朝家的方向跑去。

只生怕，雨再这么闹上一回。

月半弯，打碎银盘满地寒。

这流沙的夜，月色如泻了满地的白。我漫无目的地走在河边，四周的蛙鸣声稀稀落落，已不复往日的聒噪。偶尔有怪鸟的尖叫声从黑暗中传来，也不知藏身何处，一惊一乍很是瘆人。岸边的杨柳枯瘦无力，只无精打采地耷拉着脑袋。

月色撩人，不止清辉的纯。我在河岸边看到一位痛哭的诗人。他已垂垂老矣，有干瘦如同鸡爪的手，还有瘦削佝偻的身形。他眼中的山河已破碎，草木萧瑟而悲伤。他站在月夜的银辉里，忆起天各一方的妻子，又想起因刀兵之乱而流离失所的弟弟。他因音信全无家书难寄而老泪纵横，又因官军收复失地喜极而泣。银辉如雪，照不亮远方的归程。这样凄凉迷离的月色里，只有香雾云鬟、清辉玉臂渐次入梦来。

最相思处，鸦飞雪满头，月圆人未归。

那一卷月色，真个冷。

继续往前走，我又遇到了另一位伟大的诗人。他从千余年前的一个春夜里向我走来，那时他站在扬子江畔遥望天空中的那轮明月，而明月也深情地回望着他。那是一种相见恨晚的错觉。无所谓早与晚，你来了，此刻你来了；无所谓圆与缺，我在等，我一直在等。他看着眼前江潮连海月共潮生、耀波千里花树流光、月色如霜沙洲渐忘的美好景象，一时间思绪如飞。游子如云无归期，离人孤舟无限泪，思妇明月上高楼。他抬头远望，他看到了这一切。虽只是孤身一人，他却将后世所有的思念都小心翼翼地打包好，然后用明月的清辉细心系牢。而他本人，则在迷人的月色里不知所终。

月知我心非此心，我知月心识此心。

那一卷月色，真个愁。

快走到河岸的尽头时，我忽然瞥见了一位醉醺醺的诗人。他手捧酒杯开怀痛饮，却又放浪形骸、鼓腹高歌。前一刻他还对着月亮纵情大笑，可下一刻却又对着影子号啕大哭起来。虽有月色今夜白，行乐须及春尚在。他满心愁苦无法诉说，只能将梦用酒来浇灌，然后在月下和影子共舞一曲。这是一场孤独的狂欢，诗人有情月无情，他只得用杯中的美酒装下那一轮明月。也只有在酩酊大醉后，他才能在梦里仔细地蘸上墨，然后用月色痛痛快快地写出那个名字。

酒中月是天上月，梦里人非眼前人。

那一卷月色，真个疼。

我走到此处已有些倦了，转身欲回时却被一位满脸虬髯的词人迎面拦住。他问我有什么话想对头顶玉宇中嵌着的那轮明月倾诉。我知道他是有意刁难，便告诉他：我想对月亮说的话，都藏在我小时候读过的诗句和我家门后的那条清澈的小河里。他闻言大笑而去。

我想他是懂我的，因为我也懂他的"月有阴晴圆缺，此事古难全"。

明月千里，映照着我回家的路。我在河边踽踽独行，却并不感到孤独。

因为属于我的那一卷月色，是坚固而温暖的。无论我走出多远，故乡的月色终将照我还。

最不屑一顾是相思

我从前并不知如何去爱。

只是着迷，那年轻的肉体，散发出的青春气息。彼时我也年轻，总是被这世间美好所吸引，也对一见钟情和缘分天定心驰神往不能自已。

于是我费尽心思，像每个压抑而躁动的年轻人一样，拼命地去探寻青春迷宫的出口。偶然看到一线光，就像溺水者拼命地想要抓紧稻草一样。

这是混合着欲望、情感和虚荣心的开端，当然也有喜欢和欢喜，但若说情不自禁，奋不顾身，实在是在欺骗自己。

我还记得，我曾想亲手给你种上一株红豆——生于南国阡陌，长于杨柳和风，沐于江南夜雨。

但红豆生南国，已经是很遥远的事情了。

你是一个很普通的女孩子，你的模样如今已记不分明了，但依稀记得的是你脸上的小雀斑和甜甜的笑容。你的个子不高，拥抱着也是刚刚好。你蹙眉时，有几分黛玉的娇弱。

我们不常一起吃饭，我总觉得吃饭是一件俗不可耐的事情。像每个初恋的人儿一样，我把爱情想得过于美好，也过于神化，似乎只有云中鹤、雾中凇、镜中月才能描绘它的美好。

你也不反驳，只是笑笑。

如今，也只在点点滴滴到天明的夜雨声里，偶尔会在记忆不经意转身时记起你的名。

毕竟相思算什么，早无人在意。

记得我生气时朝你大嚷大叫，你显然也生气了，但你没有像我一样赌气扭头便走。我那时真是一个毛头小子，处理矛盾的方式简单粗暴，动不动就把"若为自由故，二者皆可抛"不负责任地挂在嘴边，而你却用和风细雨的方式化解了一次次冲突和尴尬。

你很迁就我，这让我感到羞愧和自责。

因为何事爆发激烈争吵已不再重要，或许你早就伤透了心，也不愿再低头。没有人提分手，也没有人挽留，如同两道涟漪交织在一起，波纹平复后便各奔前程。

我常觉得自己应当自由自在，格外潇洒，所以总是对"此恨绵绵无绝期"的怨念嗤之以鼻，对"人面不知何处去"的相思也很是不屑一顾。

结束了不就结束了吗？何苦相互折磨，何必再做纠缠。

这不光是原本你侬我侬的两人物理距离上的各自天涯，也应是心理上干干净净清清爽爽的一刀两断。

我要快意人生！

我带着重获新生般的欣喜，如释重负一般，连脚步都似乎变得轻盈起来了。

可思念真是个魔鬼——当我春风得意时，它也不来打扰；当我潦倒失意时，它却常常伸出它的魔爪，搅得人心神不宁。

我躲在华灯绽放处处霓虹的不夜城里，倒一壶酒独自小酌，醉眼迷离时早已忘了此间何处，此时何年。

梧桐夜雨几回秋，相思子早已硕果累累，却不见有情人去采。

最难忘却是故人诗，最不屑一顾是相思。只是离开你以后，我至今仍不知如何去爱。

当年劝君多采撷的那人，大概也和我一样逞强，守着爱怕人笑，还怕人看清。

烟花燃放起来了，看着夜空中绚丽多彩的烟花，我突然觉得此刻满城风流随烟散，一宵红尘隔雨冷。

手机里播放着《红豆》，杯中酒又冷又辣，我终于倒头沉沉睡去了。

听风听雨又听雪

像一场梦呵。

他年幼时，老屋初建。木梁为骨、青砖为筋、泥灰为血，青瓦瘦檐如低垂的发羞涩的脸。青的色调、墨的观感，亦如那个年代的黑白胶片。虽不明丽动人，却也质朴纯真。就在这略显单调的光影里，他时常光着脚丫在屋内的泥地上开心地嬉闹，带起的风如他一般粗野。大地是一如既往的冰凉，小脚丫上沾着肮脏的泥灰，听屋外的风声呜咽不止整夜呼号。

风声时急时缓时骤时歇。老屋里光线本就不好，夜便成了风声最大的帮凶。风起时如万窍号啕争鸣不已，似天地一战场万物一棋盘。远处的旷野里咣当当不知什么撞在一起，无数莫名的琐碎声音混杂成一片，如低言似呓语。风声野蛮地淹没了它们，又别有用心地凸显了它们。他不愿去辨也无心去辨，只用双臂抱腿蜷成一团，将自己小小的身躯藏在那既不冰凉也不暖和的棉被里——这一方简陋的小天地，倒成了他对抗可怖风声的坚固堡垒。

　　可毫无征兆，天地间突然一静，非是力竭只是暂歇。他竖起耳朵极力去听，好奇心战胜了对无尽黑夜的恐惧。他在心里默数着数字，往往数不到几下，不知藏身何处的风声便猛然大作探出头来。一时间两军对垒箭镞齐发，百鬼嘶鸣呼号一片，如尖啸似怒啼。风声裹着寒意从泥浆的墙缝里和木制的窗框旁溜进来，如弹奏的乐手带着尾音的余韵闯进人的耳膜。风声似乎不知疲倦，但他却在一片迷糊中渐渐睡去，脑中只剩下"呜"和"呼"这两个奇妙的音节。

　　能从缝隙间钻进来的不止风，还有湿漉漉的雨。雨是多姿多彩的，在漫长的雨季里他常常盯着从青瓦檐角间滴落的雨，一滴一滴又一滴，如同看着时光之钟在缓缓转动。他也不知道自己为何要发呆，确乎很多事情也无法去深究，也许存在就是存在本身的意义。

　　天为何要下雨？雨为何要滴落？滴落的水珠又去了哪里呢？他不聪明，但也不笨。慧者得其上、愚者乐其下，而庸者惑其中。他恰好很不幸地落在了中间，于是他既不快乐也不洒脱。但幸好彼时他还是个孩子，亦有一间老屋替他遮风挡雨，倒也算是不幸中的万幸了。

　　老屋外有一圈围墙，低矮而粗糙，只是由残缺的红砖和着些许泥灰码起来。墙不到一人高，常有野猫蹲伏其上，躲在树影里逍遥自乐。沿墙一溜泡桐树，几乎是在他出生的同时被栽下，不过数年已亭亭如盖了。此时他并不知晓，这些高大的树卫士将在入学时成为他的学费。轻蕊飞花，疏雨泡桐，点滴入梦。漫长的雨季总是湿漉漉的，但雨落在泡桐叶上花上，便多了些俏皮和欢快。那雨声在往常的哗哗之余，也添了些别致的韵味。于是飞沫行空凉雾穿叶，是调皮的小精灵在低吟，是梦幻的水神在浅唱，更或是"雨"字从字典中具象而出泠泠作响。

　　但这样欢快的时刻不多，若是雨势转急，他也只能带着不甘狼狈地逃回老屋中。耳边噼噼啪啪叮叮咚咚，俄而暴雨砸窗哒哒哒嗒嗒嗒脆响连连，头顶瓦片也跟着乒乒乓乓怒吼起来。整片天地像突然间苏醒了一般，他也无法再保持平静了。可此时他的注意力早已不在屋外的雨声中了，随着雨水浸湿梆硬的屋面墙面，在屋内某些隐秘不可预知的角落里，终于有雨水滴滴答答趁虚而入，锲而不舍地在屋内的泥地上砸出一个个浑浊的水坑来。他急忙找来脸盆水桶，放在漏雨最严重的地方。于是这如同大型交响乐的雨声里，顿时又多出了一重打击乐的声音。

　　急雨不会持久，雨季里的大型交响乐也长短不一，有时骤起便歇，有时却又铺满整个黑夜。天地潮湿一片，湿润的雨季常常把梦都浸润得光怪陆离。他常常手脚冰凉地睡去，那时尚不知"风声雨声读书声声声入耳"，于是梦里常常有着这样奇怪的场景：他光着脚奔跑在炙热的大地上，手中的风车随着呼啸的风声吱溜溜地转着；豆大的雨点迎面打来，如同大大的拥抱，冰凉凉的却让人很安心。

　　可他最喜欢的还是雪。

　　雪落无声，最圣洁最庄重，也最安静最动情。不似风声粗犷，也不似雨声莽撞。雪花柔柔弱弱、温情脉脉地飞舞着，在不经意间把大地染得一色白。它裹上泡桐的树梢、铺满青瓦的屋顶、盖住泥泞的路面，还眷顾着低矮的盆栽、低矮的灌木和低矮的围墙。因此他的视线所过处，早已变得众生平等。而这样的白又让他觉得天地间格外宁静，一时间屏息凝神，将自己融化在其中。

　　他想起昨夜的雪，不知何时从天空落下。先是晶莹的小雪珠坠落于庭院、河边和旷野，此时他正蒙头大睡却睡意全无，有极轻极小的刮擦声在窗户上响起，让他一度以为是自己的幻听。接着雪花渐重渐大，窸窸窣窣如小兽夜行，玻璃上也随之奏起轻微的打击乐来——他终于反应过来这应是雪落的声音。可被子里冻僵的双脚，让他实在不愿起身出门去查看一番。也不知过了多久，就在这半寐半醒之间，雪花大朵大朵漫山遍野地绽放着燃烧着，终于扑簌簌弥天亘地纷纷扬扬地拍进了他的梦里。而他，也在温柔的雪声中沉沉睡去了，就像睡在母亲的怀抱中一样甜蜜。

可他终究还是会从睡梦中醒来，也一定要慢慢学着长大。随着时光之舟缓缓向前，他也背起书包进了学堂。随之而来的，是一些他不愿面对却不得不接受的变化——泡桐被砍了，野猫死去了，围墙倒塌了，连老屋的窗户也毁了一扇无人修葺。

他上了高中成绩不好不坏，离开家乡前路不明不白，四处漂泊人生不精不彩。仍不时有风声、雨声和雪声在耳畔响起，但倾耳细听时却已是别样滋味。很偶然回去过一次，却发现老屋年久失修不知何时已坍塌了，他的眼前只剩下枯木衰草、碎砖乱瓦。

他知道老屋已经回不去了，曾经的青春年少也早已荡然无存。

可记忆中那些久远的声音，却在不知不觉中慢慢沉淀进了他的血液里，时刻在呼唤他鼓舞他。

这世界虽大，在他心底却始终有一隅隐秘之处，默默地给他温暖和力量。

于是，人生经年蓦然回首，听风听雨又听雪。